Auteur : Manoel Montreuil

Coauteur : Clélia Zappia

I0638558

Hermorrhage

Tome 3 : Affrontement

Éditions du Tigre

© Éditions du Tigre, 2017
Montreuil SARL – 361 allée Faoux Laous – 83440 Tourrettes

http://hermorrhage.fr

Illustration de la couverture : Ilya Royz
https://ilyar.artstation.com/

ISBN : 978-2-9560589-7-7
Dépôt légal : 4ème trimestre 2018

4

Chapitre 1

Depuis quelques semaines, le parc naturel régional d'Armorique a vu le nombre de druides et de chamans bondir. Ces derniers se regrouperaient autour du Dolmen de Ti-Ar-Boudiged, qui selon les dires, serait magiquement actif même durant les vagues technologiques !

Article du journal breton « Le Télégramme » datant du mardi 20 mars

J'attendais, nerveux, à la limite du 12ᵉ arrondissement de Paris à une cinquantaine de mètres de l'escalier menant au métro, arrêt « Porte Dorée ». À première vue, cet accès menant au Sous-Paris avait été condamné à l'aide d'explosifs. La chaussée s'était effondrée sur plusieurs mètres, le long des marches, et de profondes fissures marquaient le sol alentour. *Dommage ! En cas d'attaque, cela m'aurait offert une possibilité de fuite supplémentaire.*

Cet arrondissement avait été relativement épargné par la magie. Les habitations d'avant changement étaient pour la plupart encore debout et occupées. Cependant, le quartier était calme en cette fin de matinée.

Adossé contre un bâtiment, je faisais face au bois de Vincennes. À l'inverse du bois de Boulogne, celui-ci avait presque gardé sa taille d'avant l'apparition de la magie. Le boulevard des Maréchaux était la limite de son expansion vers Paris. Et les Parisiens s'efforçaient à tronçonner toutes les tentatives d'infiltration de la végétation.

Un cavalier passa devant moi au trot en direction du nord, ce qui me fit songer au territoire des Frères de Sang. Cela m'angoissa davantage. J'étais à découvert. Si une de leurs meutes déboulait, au mieux ils essayeraient de me tuer, au pire ils y arriveraient. *Kéra, dépêche-toi !*

Quelques longues minutes plus tard, j'entendis le moteur à combustion d'une Renault Cristal approcher. La voiture déboucha de la rue de Picpus, Kéra au volant. Elle se gara non loin de moi sur le trottoir. *Et le code la route ? C'est fait pour les chiens ?!* Elle sortit de son véhicule. Elle était habillée de manière inhabituelle pour l'été : un pantalon et un haut en cuir. Niveau confort cela ne devait pas être le top, mais au moins cela lui procurait une légère protection. Cela faisait plus de deux semaines que je ne l'avais pas vue, et la dernière fois, nous avions fini dans un étang, poursuivi par des papillons dévoreurs de chair fraîche. J'espérais qu'aujourd'hui se passe mieux pour nous. Elle ouvrit le coffre et en sortit son katana, ainsi qu'une banane qu'elle fixa autour de sa taille. Ses cheveux bruns s'étaient encore un peu éclaircis à cause du soleil.

Arrivant à son niveau :
- Salut Kéra, comment vas-tu ?

- Bonjour Hermorrhage. Pour le moment ça va bien. Faisons en sorte que cela continue, dit-elle souriante.

Elle fit une petite moue gênée avant de reprendre :
- Tu n'es pas obligé de m'accompagner…
- En effet !

La vérité était qu'elle m'avait sauvé la vie lors de mon combat contre les Mercoeur père et fils. Sans elle, j'aurais fini digéré par des milliers de petits estomacs. Je lui en devais une, mais sa demande me permettait aussi de m'échapper quelques heures des problèmes des métamorphes. Peut-être même, avais-je envie de revoir ses yeux verts…

- On va surement rencontrer des démons ! renchérit-elle.
- J'avais cru comprendre. Mais rassure-moi, les dix cornes sont bien très très rares ?
- Oui, me confirma-t-elle sans plus de conviction.

Cela me refroidit. Si l'on devait à nouveau tomber sur un démon de cette puissance, nos vies seraient gravement menacées. J'espérais que la vague technologique joue en notre faveur. Je sortis mon Glock de son holster pour me rassurer.

- Craignent-ils les balles ?
- Je… Cela dépendra du démon.

Super la réponse ! Me voilà rassuré…

En tout cas, Kéra ne comptait pas sur une arme à feu pour la protéger. Elle avait son sabre japonais, son protège avant-bras en écailles grises et son sac de composants magiques. C'était beaucoup trop axé magie à mon goût. Pour ma part, en plus de mon arme à feu, j'avais dans le dos Pimprenelle, ma claymore, et un gilet pare-balle.

- Où va-t-on ? demandai-je.
- C'est juste là, dit-elle en fermant sa voiture à clé.

La vague tech devait encore durer une ou deux heures. Pour Kéra, cela signifiait : pas de bulle de protection, pas de sort, pas d'armure magique… Cela me donnait carrément l'impression qu'elle y allait à poil… enfin façon de parler. Et question fourrure et griffes, impossible pour moi de prendre une de mes formes de guerre. Si elle avait choisi d'y aller durant une vague technologique, c'est que l'on pouvait en tirer un avantage. Enfin j'espérais.

- À quoi doit-on s'attendre ?
- Pour être honnête avec toi, je ne sais pas. Peut-être que c'est une fausse piste, peut-être que l'on découvrira un repère de démons.

Je vote pour la fausse piste !

Elle se mit en marche, droit vers la forêt, attentive à son environnement. Je lui emboitai le pas. Nous traversâmes la large rue à la rencontre de vieux bâtiments de sept étages recouverts de végétation. De certaines fenêtres poussaient des arbres à la recherche de soleil. Nous prîmes un chemin entre deux édifices. Rapidement, il fallut se frayer une voie dans la végétation. Heureusement, l'ombre quasi permanente des plus hauts étages limitait la prolifération des arbustes. Nous nous faufilâmes ainsi jusqu'à une seconde rangée d'immeubles.

Kéra était sur le qui-vive alors que moi à l'inverse je me détendais. La forêt m'apaisait, sûrement à cause de mes côtés loup et tigre, à moins que cela soit d'être à couvert de potentiels Frères de Sang prêts à me tirer une balle en pleine tête…

Nous arrivâmes à l'angle d'un vieil immeuble de plusieurs étages. Kéra s'arrêta à côté d'une porte, dos plaqué contre le mur, sabre à la main. Elle me fit quelques signes pour savoir si j'avais vu quelque chose. Je tournai la tête de gauche à droite tout en enlevant la sécurité de mon Glock.

À partir d'ici, il fallait opérer avec discrétion et couvrir les arrières de l'autre. J'ouvris la porte délicatement. Des racines la bloquaient. On passa à la porte suivante. J'arrivai en premier, Kéra à ma suite. Elle tenta d'ouvrir la porte, celle-ci semblait fermée à clé. Elle continua. Je la suivis. Une fois en position devant la troisième entrée, nous découvrîmes qu'un arbre avait poussé obstruant aux trois quarts le passage. Je partis pour la quatrième porte quand une sensation de chaud me parcourut. *Une vague magique ? Maintenant ? Mais c'est trop tôt !* Alors que je ralentissais, déconcerté par la nouvelle, je fus déséquilibré par quelque chose d'invisible qui me repoussa à l'opposé du mur. Je reculai de deux pas, tout en indiquant à ma partenaire de rester immobile. De ma main, je me mis à chercher, mes autres sens en alerte. Malgré l'aide de la magie, ni mes yeux ni mon odorat ne me permirent d'identifier quelque chose. Ma main finit par entrer en contact avec quelque chose : un mur invisible… et souple… En appuyant dessus, celui-ci sembla se déformer. Je fis signe à Kéra. À son arrivée, je lui fis comprendre mon incrédulité face à cette chose et je me mis à scruter les environs pendant qu'elle étudiait l'effet magique. Elle me surprit en posant deux doigts sur ma tempe droite. Son contact était presque brûlant.

« C'est un bouclier. Très faible. » résonna sa voix télépathiquement. « Je vais le percer. Il faudra alors faire vite ».

Je hochai la tête, tout en rengainant mon arme à feu. La magie étant revenue, les armes à feu ne servaient plus à rien. Je saisis Pimprenelle alors que Kéra donnait un coup de katana dans le vide. Je ressentis alors comme des éclaboussures d'eau chaude. Puis une odeur nauséabonde envahit mes narines. *C'est quoi ce parfum de chiotte ?* Aux mouvements de Kéra, je compris que même son odorat humain perçut l'effluve. Nous fonçâmes à la quatrième ouverture. Nous remarquâmes qu'un chemin avait été formé par de nombreux passages. La porte n'était plus sur ses gonds. Kéra passa rapidement la tête. Elle me fit un signe et entra. J'observai la forêt : le pied des arbres, dans les branches et même dans le ciel. Je ne vis rien d'alarmant. Je jetai un œil à l'intérieur : Kéra s'était positionnée. J'entrai à mon tour jusqu'à la première porte. L'odeur de mort emplissant le couloir me submergea. Je fus obligé de mettre en veille mon flair de métamorphe, mais même ainsi, la puanteur était tout juste supportable. Ce que l'on allait trouver derrière cette porte serait désagréable.

Kéra vint se positionner de l'autre côté de la porte. Je lui fis un signe de la tête, prêt à agir. Elle actionna la poignée délicatement. Alors que la porte s'ouvrait, je fus saisi par un relent de chair en décomposition émanant de la pièce. Immédiatement je bouchai mon nez de ma main gauche. Kéra grimaça avant de jeter un rapide coup d'œil. Elle me fit un autre signe de tête avant d'entrer dans la pièce. Ce qui m'évita de réfléchir. Je lui emboitai le pas, les deux mains sur ma claymore, disposé à me battre.

La scène se dévoilant sous nos yeux était plus horrible encore que l'odeur. Nous faisions face à un charnier composé d'une quinzaine de corps. Je n'eus pas davantage de temps pour détailler la pièce : une créature apparut sous les corps. Je n'avais jamais vu une telle chose. Cela ressemblait à une écrevisse. À mesure qu'elle se dévoilait, comme sortant de son antre, je découvrai cette nouvelle espèce. Elle mesurait plus d'un mètre de long. Sa carapace était sombre dans des tons foncés de violet et de vert. La créature émit un sifflement aigu, dévoilant une gueule avec plusieurs rangés de dents. Sa tête triangulaire semblait finir par une corne, pouvant nous harponner. Au niveau de la mâchoire inférieure, deux mandibules de vingt centimètres s'agitaient. *Au moins, ça n'a pas de pince.*
Un mouvement sur la gauche attira mon attention, une autre bestiole était là dans un coin sombre. Non ! Deux autres ! Je compris que la pièce était infestée lorsque je vis une masse sombre s'ouvrir, comme recroquevillée sur elle-même, pour laisser place à une nouvelle écrevisse géante.

- Bon ou mauvais ? demandai-je rompant le silence tout relatif.

11

- Charognards, me répondit Kéra.

Donc mauvais. D'un autre côté, à quoi m'attendais-je ?

- Attitude à adopter ?
- Élimination. Mais dehors.

Oui madame.

Alors que je passai lentement le seuil de la porte à reculons, Kéra sectionna une des pattes d'un des spécimens avant de se précipiter dehors. La rapidité des bestioles était impressionnante. Kéra franchit le seuil du bâtiment, suivi de près par une poursuivante. J'abattis Pimprennelle sur cette dernière. Ma claymore rebondit sur la carapace. Kéra se retourna, et d'un geste précis, enfonça la moitié de sa lame dans la tête de la créature.

C'est noté : la tête c'est plus mou.

Une autre bête sortit. D'un large mouvement, je lui coupai les trois pattes droites.

- Recule, m'ordonna Kéra.

Je m'exécutai sans réfléchir. Une écrevisse géante apparut devant moi en heurtant violemment le sol. Elle venait de sauter d'un des étages ! J'aurais pu y laisser ma peau ! Ma négligence m'énerva. La crevette terrestre en subit les conséquences : avant même qu'elle ne retrouve ses esprits à cause du choc et sa réception plus que douteuse, Pimprenelle s'abattit sur sa tête.

Plusieurs créatures sortirent avant que je ne puisse me remettre en position et ainsi profiter du goulot d'étranglement que m'offrait le seuil du bâtiment. Deux foncèrent sur Kéra alors que j'interceptai les deux suivantes. L'une d'elles me contourna rapidement alors que l'autre essaya de me harponner. Alors que j'esquivai la corne de plusieurs pas chassés, l'autre se dressa sur ses deux pattes postérieures, équilibrée avec sa queue, tout en remuant ses autres membres pour me blesser. *Elle veut limiter mes mouvements !* Ces bestioles allaient nous donner du fil à retordre.

Profitant d'avoir son ventre à découvert et bénéficiant de l'allonge de mon arme, je lui assénai un coup d'estoc qui ripa une nouvelle fois sur la carapace. *Organisées, résistantes et puis quoi encore ?*

Je changeai alors de stratégie. Mon coup suivant coupa sa patte antérieure droite. Immédiatement je la contournai tout en la déséquilibrant. Elle tomba sur son flanc face à l'autre créature qui avait eu le temps de se repositionner. Cela me permit de voir que Kéra semblait mieux s'en sortir que moi. Elle venait d'en finir avec sa seconde créature et s'apprêtait à réceptionner les nouvelles sortant du bâtiment. J'aperçus un mouvement plusieurs mètres derrière ma partenaire.

- Mouvement à tes 5 heures, criai-je.

Puis mes adversaires me bouchèrent la vue en se dressant toutes les deux face à moi. Encore une diversion. *Si vous croyez que je n'ai pas entendu votre copine derrière moi...* Tout compte fait, heureusement que la vague magique était arrivée plus tôt que prévu, car sans elle je n'aurais pas pu profiter de mes sens aiguisés de métamorphe.

D'ailleurs, encore une injustice ! Pourquoi les autres métamorphes gardaient-ils leurs sens plus développés en humain lors des vagues tech et pas moi ? *Il va falloir que je me rende au bureau des plaintes magiques, c'est trop injuuuste.*

Soudain, je fis volte-face en faisant décrire un large arc de cercle à Pimprenelle. *Trop tôt, dommage !* La créature était encore à trois mètres, cependant elle stoppa son avancée. Plus alarmant, elle était accompagnée de trois versions miniatures, enfin miniatures… moitié moins grandes. Je me retournai à nouveau vers mes plus proches ennemis. Je me mis à les contourner en courant. Encore dressées et côte à côte, elles eurent du mal à manœuvrer, cela me permit d'en attaquer une. Je réussis à la blesser à l'une de ses articulations joignant une patte à son corps, puis elle se protégea en se roulant en boule. Cela me permit de m'approcher de Kéra. Elle était maintenant cernée par trois adultes et deux petits. Venant de derrière et passant sur le côté d'une des créatures, celle-ci se tourna instinctivement vers moi. Sa tête rencontra Pimprenelle. *Je vous présente : Pimprenelle, la bestiole, la bestiole, Pimprenelle. Vous êtes presque faits pour vous entendre !*

- C'est quoi ces trucs ?! demandais-je en rejoignant Kéra par l'ouverture que je venais de créer.
- Des astacoidres.
- Des asticoïdes ?
- As-ta-coi-dre.

C'est bien de ce que je dis, c'est un nom de merde.

Kéra lança une attaque rapide qui fut esquivée. Un petit astacoidre, placé derrière elle, en profita pour l'attaquer. Je le fis reculer d'un coup d'épée et me plaçai dans le dos de Kéra. Une partie de mes ennemis vint forcir le premier rang, alors que d'autres restèrent en retrait par manque de place.

- Un petit éclair et on en parle plus ? tentai-je.
- Il n'y a pas assez de magie pour ça.

De quoi me parle-t-elle ? On est en pleine vague magique depuis plusieurs minutes.

Elle attaqua à nouveau, surprenant la créature à sa droite. Le coup porta. Le petit astacoidre m'ignora et lança un nouvel assaut... son dernier. Je réussis à percer sa carapace dorsale, bien moins solide que celle des adultes. Dans mon élan, je fis deux pas à la rencontre du second jeune astacoidre qui, prit de court, ne put s'échapper. Je ne réussis pas à le tuer, mais la blessure était suffisante pour qu'il nous laisse tranquille. Un adulte profita de mon écart pour charger Kéra dans le dos. *Merde !*

- Kéra, à plat ventre ! criai-je.

Elle hésita, avant de se laisser tomber à terre tout en tournant la tête vers l'écrevisse géante qui la chargeait. J'abattis Pimprenelle sur la queue de la créature dans un quelconque espoir. Cela n'eut aucun effet. L'astacoidre planta sa corne dans l'un de ses congénères, rasant ma partenaire. Kéra, à quelques centimètres sous la gueule de la créature, essaya de se dégager. Je me précipitai vers elle, lui pris un bras et la tirai énergiquement alors que la confusion régnait parmi les astacoidres. Nous étions sur pied avant que l'assaillante n'ait pu se dégager, encore plantée dans la carapace d'une autre. Kéra tua alors la première et moi la seconde. À partir de ce moment, nos armes firent une boucherie parmi nos ennemis qui luttèrent jusqu'au bout.

- Sans compter le moment où j'ai failli être écrasé et toi embrochée, on est plutôt efficaces.

Kéra ne releva pas et se dirigea vers le bâtiment.

Ok, nous n'avons pas fini... Mais sans avoir recours ni à la magie, ni à la technologie, je trouve que nous nous sommes bien débrouillés !

Nous vérifiâmes alors que le bâtiment n'abritait plus d'astacoidres ou d'autres créatures. Au premier étage, deux pièces étaient partiellement nettoyées de la poussière et de la végétation. Quelqu'un, ou quelque chose, s'en était servi il y a peu. Le deuxième étage était quant à lui complètement vide, à l'abandon. Lorsque je franchis le troisième étage, un frisson me prit à la nuque, annonçant une courte vague technologique d'environ 3 heures. Cela me laissa perplexe.

Depuis aussi longtemps que je me souvienne j'ai toujours eu des « coups de chaud » et des « coups de froid », bien avant de devenir un métamorphe. Il m'avait fallu un long moment pour comprendre que ces sensations inexpliquées m'annonçaient les vagues magiques et technologiques, normalement imprévisibles. Pendant mon adolescence, je finis même par interpréter l'intensité et la longueur de ces perceptions, de telle manière qu'éveillé et attentif, j'arrivais à connaitre la puissance et la durée de la vague actuelle à trois heures près. Le hic du moment était que selon ma prévision initiale, la prochaine vague magique devait arriver en début d'après-midi. *Peut-être une erreur de calcul...* Cette science étant imprécise, le changement opéré avant notre combat était tout à fait plausible. Mais cette vague aurait dû durer plus de trois heures, ça j'en étais sûr ! Pas quelques dizaines de minutes...

Les étages suivants furent semblables au second : la végétation reprenait lentement ses droits au milieu des murs inhabités. Cependant, la puanteur s'élevant du rez-de-chaussée s'amenuisait à mesure que l'on montait. Le dernier étage était particulièrement abimé. Le toit était en partie arraché. D'une des fenêtres, je pus observer la forêt s'étendant jusqu'à la Seine. L'inspection finie, nous redescendîmes. À nouveau au niveau du troisième étage, une sensation, de chaud cette fois, me parcourut. *C'est quoi ce bordel !* Je me figeai, ne comprenant pas. Kéra s'arrêta. Elle raffermit sa prise sur son katana avant de froncer ses sourcils d'un air interrogateur. Elle aurait peut-être pu m'aider, me renseigner, mais jusque-là, j'avais gardé cette capacité secrète afin d'éviter les ennuis.

- Ce n'est rien : un petit animal dans un arbre, mentis-je.

Nous reprîmes notre descente et je mis mes interrogations de côté. Ce soir, j'aurai tout le loisir d'étudier la question.

Au rez-de-chaussée nous retrouvâmes le charnier et l'odeur pestilentielle. La pièce était plutôt grande, cinquante mètres carrés environ. Le charnier bloquait le passage vers une autre partie de la maison. Au centre, un grand cercle d'alchimie ou d'invocation, je ne sus pas le dire. Celui-ci mesurait plus de trois mètres de diamètre. À la couleur rouge sombre, je devinais que du sang avait été utilisé pour le tracer. Les dessins incrustés dans le sol étaient cependant à moitié effacés par les multiples passages des astacoides. À côté du charnier, nous trouvâmes un autre dessin magique en petite partie au sol et majoritairement au mur. Des chaines étaient solidement ancrées afin de maintenir un être humain au centre du sort. Mon regard se porta à nouveau sur les corps en pleine décomposition. Ils étaient grignotés de toutes parts. Je crus apercevoir un enfant. Je détournai le regard.

Quelques années auparavant j'aurais analysé la scène sans que mes émotions viennent interférer. Mais depuis ma transformation en métamorphe et quelques rencontres récentes, j'étais de plus en plus souvent envahi par certaines d'entre elles.

J'étais mortifié face à l'horreur présente dans cette pièce. Une colère d'incompréhension monta en moi. Qui avait pu faire une telle chose ? Pourquoi ? À quoi pouvait bien servir les sorts qui avaient été utilisés ici ? Je reportai mon attention sur le dessin au mur. Il était complexe, mais il me semblait être un cercle d'alchimie. Le but m'échappait mais les signes d'équivalence, nécessaire pour pratiquer cet art, apparaissaient à plusieurs endroits. Par contre, impossible de savoir ce qu'ils avaient transformé et en quoi, même si les chaines m'indiquaient l'un des composants nécessaires... Kéra examina la pièce dans ses moindres recoins, ramassant certains détritus avant de les jeter. Mon regard se figea sur le sort principal au centre de la pièce. Le cercle pouvait laisser penser à un cercle d'alchimie ultra-complexe, mais la signification des dessins, des courbes, des symétries m'étaient complètement inconnues. Je fus même incapable de trancher entre un sort rituel ou un sort d'alchimie. L'alchimie permettait de transformer les choses. Les rituels, plus gourmands en magie, pouvaient aboutir à davantage d'effets : protection, enfermement, sort à déclenchement de type alarme ou offensif, … Beaucoup, beaucoup de choses étaient possibles. Hélas, mes trois années de licence magique étaient largement insuffisantes pour décrypter ce à quoi je faisais face.

- Kéra, sais-tu à quoi cela a pu servir ? demandai-je.
- Trop de parties sont effacées, c'est difficile à dire. Mais c'est puissant…
- Tu penses que c'est l'œuvre de démons ?
- Cela ne fait aucun doute, dit-elle soudainement énervée.
- Qu'y a-t-il ?
- Ce lieu a été abandonné et je ne trouve aucun indice pour les retrouver, lâcha-t-elle découragée. Pourrais-tu suivre leur trace avec ton flair ?
- Avec cette puanteur ? Impossible !
- Essaie !

Cette simple pensée me donna envie de vomir. Je sortis. Je m'éloignai de quelques mètres. L'air était chaud. L'extérieur sentait la forêt, le sang frais, l'urine, la merde et les viscères. Étrangement, cela ne me dérangeait pas, et me fit penser à la chasse. J'avais participé à deux d'entre elles avec les Compagnons. En y réfléchissant bien, je m'étais déjà retrouvé face à des animaux en décomposition suite à des exercices de pistage. Certes, j'étais en forme de loup ou de tigre mais l'odeur était presque la même, quoique plus dense, plus riche, voire même attirante. Qu'est-ce qui avait changé ? Était-ce à cause de la résurgence de certaines de mes émotions ? Ma perception en animal était-elle à ce point différente ? Ou était-ce l'image associée à l'odeur qui provoquait cela ?

Dans tous les cas, compte tenu de la complexité des sorts, du sang utilisé, des cadavres, et le fait que le bâtiment n'avait pas explosé, soit le sort principal avait fait pschit, soit un truc énorme se préparait. Et étant donné la détermination et l'inquiétude de Kéra, j'optai pour la seconde option.

Je fermai les yeux, m'armant de courage. *Allez, c'est parti !*

J'enlevai le fourreau de Pimprenelle de mon dos, mon holster, ma protection et mes vêtements. Nu comme un ver, j'entamai ma transformation en loup. Kéra trouva opportun de sortir à ce moment précis. Elle me détailla. *Ho ! Un peu d'intimité !* Je me tournai. Alors que j'ordonnai à mon corps de changer plus vite, je m'aperçus qu'aucun changement n'avait débuté.

- Que fais-tu ? me questionna-t-elle.

Je m'aère, ça ne se voit pas ?!

- J'essaie de me transformer, répondis-je.
- Pas sûr qu'il y ait assez de magie…

Depuis quand la magie serait-elle insuffisante durant une vague M ?

- Comment ça pas assez de magie ? demandai-je interloqué.
- Ce lieu est sous l'influence de la magie car il a été très fortement imprégné. Sûrement à cause des sorts qui ont été pratiqués. C'est pourquoi même en pleine vague technologique, la magie est faiblement active ici. Mais dans une à deux semaines, l'empreinte sera complètement effacée.

Je restai bouche bée. Certains lieux extrêmement rares étaient connus pour être magiquement actif même durant les vagues tech. Les catacombes de Paris abritant le béhémot étaient le seul à ma connaissance. Je pensais que ces endroits étaient dus à leur histoire, leur emplacement ou que sais-je, mais pas que l'on pouvait les créer !

- Alors ? me lança Kéra.
- Alors quoi ? dis-je, distrais.
- Cette transformation ? Après, je ne suis pas pressée, le spectacle n'est pas si mal.
- Impossible, conclus-je en rougissant.

J'attrapai mon short et l'enfilai rapidement. J'attachai la ficelle afin qu'il reste en place, puis passai mon t-shirt, lui aussi bien trop grand pour moi. Je m'étais habitué à porter des vêtements amples et élastiques pouvant supporter mes transformations en crinos, la forme de combat mi-homme mi-animal. Au moins, je n'étais pas à poil quand je reprenais mon apparence humaine… enfin en théorie.

J'hésitai à remettre mon gilet pare-balles, il commençait à faire vraiment chaud. *On n'est jamais trop prudent !* Je me retournai. Kéra m'observait encore.

- Qu'est-ce qu'il y a ? demandai-je.
- Je me demandai si tu n'avais pas perdu un peu de muscles.

Je levai les yeux au ciel. Elle n'était pas mieux que les métamorphes… aucun filtre… aucune retenue.

- J'ai du travail, râlai-je.
- Je te gêne ? dit-elle, malicieuse, avant de disparaitre dans le bâtiment.

Oui ! En plus, il faut éviter de fixer les métamorphes : c'est la base de la survie quand on en côtoie !

En y repensant, Kéra n'avait jamais vraiment fait attention à sa façon d'agir en ma présence. Cela me fit remonter quelques souvenirs de mon stage chez les métamorphes, lorsque j'étais encore humain. J'avais passé mon temps à éviter le regard de tout le monde. Le sol était même devenu un ami. J'étais insouciant à cette période. Pas de démons, pas de guerre inter-clans, juste ma sœur, mon frère et moi. Je soupirai.

Plusieurs secondes s'écoulèrent avant que je m'ancre à nouveau dans le présent. *Quand il faut, il faut !* Je fermai les yeux et laissai mon odorat s'affiner. Les odeurs se multiplièrent. Différentes essences d'arbres me parvinrent. Des plantes étaient en fleurs non loin, près d'une flaque d'eau croupie. Des effluves caractéristiques de la ville étaient aussi présents, portés par une légère brise chaude. Chaque astacoidre avait son odeur, je pus même identifier que l'un d'entre eux devait être malade. Mélangé à tout cela des relents de putréfaction piquant sortaient du bâtiment. Je sentis également ma propre odeur ainsi que la non-odeur déstabilisante de Kéra. Sans m'en rendre vraiment compte, je finis à quatre pattes. Aucune piste fraiche, mis à part celles de petits rongeurs et les nôtres. J'entrai dans l'immeuble guidé par mon odorat. Je fis le tour de la pièce, lentement. Je sentis la peur, la douleur, la mort, des parfums humains, la décomposition, la poussière, diverses salives, une multitude de déjections, des rats, du sang, le moisi, plusieurs produits de nettoyage, comme des lessives et des savons, le tout saupoudré d'une note piquante et musquée. La non-odeur de Kéra était reposante parmi cette densité d'informations.

- Alors, me coupa Kéra.
- Pas grand-chose…
- Il n'y a rien qui sort de l'ordinaire ? me sollicita-t-elle.

Si : un tas de morts, des écrevisses géantes, des sorts bizarres… En tout cas, cela sort de mon ordinaire ! Quoi que, je suis un peu de mauvaise foi : je commence à être habitué à voir des morts, mais ça fait tout de même beaucoup de choses anormales.

Dans un coin, je humai une petite touffe de poils pimentée, à la fois fraîche et musquée. Mon cerveau identifia immédiatement cette odeur comme connue, mais d'où ? Je sentis et ressentis jusqu'à ce qu'une image se dessine : un grand démon marron et rouge avec quatre bras et deux queues. J'ouvris alors les yeux, stupéfait. Toujours à quatre pattes, j'avais le nez presque collé contre une plinthe. Je me relevai.

Kéra me regardait à l'écart. Mon visage devait être expressif car elle se redressa. Elle ouvrit la bouche mais elle ne dit rien.

Je déglutis avant d'annoncer la nouvelle :
- Le démon que l'on a affronté était là… Il y a une dizaine de jours.
- Impossible, me répondit-elle du tac au tac.
- C'est son odeur.
- Nous en avons déjà parlé, il est mort sinon nous serions morts. Cela doit être l'un de ses larbins.
- C'est exactement la même odeur ! insistai-je.
- Les vassaux des puissants démons acquièrent leur odeur, m'apprit-elle. Mais…

La suite ne vient pas.
- Mais quoi ?
- Mais il est possible que le démon que l'on a combattu soit au service d'un autre…
- Un autre ? Plus puissant ?! m'exclamai-je.
- C'est une possibilité. Peu probable mais possible…

Chapitre 2

Hier à 10h42, dans le premier arrondissement de Paris, une explosion soufflait l'ambassade des métamorphes. La déflagration a brisé les vitres dans un rayon de 200 mètres et a été ressentie dans toute la capitale. Alors que de nombreux témoins sont encore entendus, les enquêteurs parlent d'un assaut d'une violence inouïe. Un premier bilan fait état de seize morts et plusieurs dizaines de blessés, dû aux éclats de vitre dans les rues voisines. Cependant, le bilan devrait s'alourdir à mesure que les recherches progressent. Selon une source proche de l'enquête, l'espoir de retrouver des survivants est très faible. Aucune revendication n'a pour le moment été faite.

Article du journal « le petit Parisien » datant du jeudi 26 juillet

Nous étions dans la voiture de Kéra, roulant vers l'ouest. La tension retombait peu à peu. Tous deux étions silencieux, absorbés.

Je fixai une vieille feuille de journal. Juste avant de partir, j'avais eu l'idée lumineuse de gribouiller les dessins des sorts. Entre mes dessins approximatifs et les articles imprimés, le résultat n'était pas folichon, mais c'était mieux que rien. J'essayai de décomposer certaines formes en signes plus simples afin de trouver une correspondance avec quelque chose de connu. Rien à faire, le sort m'échappait totalement. Cependant, en comparant le dessin correspondant au sort de trois mètres de diamètre et le second, j'en étais arrivé à la conclusion que le plus grand devait être un rituel et l'autre un cercle d'alchimie.

- Je t'invite à déjeuner, me dit soudain Kéra.

Vu l'heure, cela me convenait. De toute façon je ne pouvais pas me pointer à mon prochain rendez-vous à midi. Avant que je ne lui réponde, elle arrêta la voiture devant un restaurant. *Il semblerait que je n'aie pas vraiment mon mot à dire...* Mon estomac gronda. *Ouais ouais je sais, pas besoin de me le rappeler.*

- C'est avec plaisir ! me décidai-je.

Une minute plus tard, nous entrâmes dans l'établissement dont la spécialité était les burgers fais maison. Nous pûmes choisir notre place avant l'arrivée massive des travailleurs. Je choisis une table à l'intérieur, à l'abri des regards, proche de la sortie avec vue sur l'extérieur. Ne connaissant pas l'endroit, je restais sur le qui-vive.

Un jeune serveur de moins de dix-huit ans vint à notre rencontre :
- Désirez-vous un apéritif ?
- Non merci, lui répondit Kéra avec un petit sourire.

Même pas pour célébrer notre nouveau combat en duo ?

- Non plus, dis-je à mon tour.

- Alors je vous laisse choisir, nous invita-t-il, avant de nous laisser.

Kéra prit la carte et se mit à la parcourir.

- Tu es déjà venue ?

- Une fois. Ils préparent de bonnes choses.

- Tu m'as ouvert l'appétit. J'espère qu'ils n'utilisent pas de la viande de rat.

- Cela dépend de ton choix. C'est écrit entre parenthèses, m'apprit-elle en pointant un endroit de la carte.

Effectivement, les viandes étaient détaillées. Ma décision fut rapide.

- Tu penses que les astacoidres sont comestibles ? demandai-je.

- Je ne sais pas, me confia-t-elle.

- Peut-être que ça a le goût de crevette ou de poulet... On en a tué dix ? Quinze ?

- Je n'ai pas compté.

- Admettons qu'on ne puisse manger que la queue, je suis sûr qu'il y en a au moins 10 kilos par bestioles, sûrement plus...

- Tu veux ouvrir un restaurant ?

- Non, mais si ça se mange, ça se vend ! Ça ne te dit pas, on y retourne et on remplit ton coffre ?

Elle me dévisagea afin d'y déceler un signe de plaisanterie.

- C'est hors de question !

Dommage j'aurais bien voulu goûter. Un silence s'installa.

- Merci pour ce matin, dit-elle tout à coup.
- De rien. Tu as d'autres pistes ?

Elle fit non de la tête :
- C'était la plus récente et la seule qui n'avait pas encore été découverte par les autorités.
- Ils ont trouvé combien de lieux semblables ?
- Trois. D'après les rapports, le spectacle était analogue à celui que l'on a découvert.

Un flash du charnier me fit frissonner. Avec notre première découverte et celle d'aujourd'hui, cela faisait déjà cinq massacres.

- Qui est sur l'affaire ? demandai-je.
- La gendarmerie et la STPM se battent pour s'en occuper. Même la royauté y met son grain de sel.

Ils se querellaient pour un peu de couverture médiatique, pas mieux que des chiens se disputant un os.

- Ils n'ont pas relevé des traces de sort ?
- Si, mais je n'ai trouvé aucun détail dans les documents que j'ai pu me procurer, dit-elle irritée.
- C'est bizarre. Relever ce genre de détails me semble être la base de l'investigation.
- Ho mais selon un enquêteur, il y a eu des dessins et même des photos ! Mais tout a disparu.
- C'est fou ! Qui aurait intérêt à faire ça ?

Elle haussa les épaules.

- Des démons pourraient-ils avoir infiltré notre société ?

Trois personnes entrèrent dans le restaurant.

- Je ne sais pas, finit-elle par lâcher. Mais je soupçonne plutôt des politiques à la manœuvre.
- Il faut informer des journalistes !
- Ils sont au courant… Mais aucun journal ne veut publier.

Je restai saisi par l'information. Des démons perpétraient des carnages dans Paris mais une puissance étouffait l'affaire. Alors que pendant ce temps, tous les jours, un papier plus ou moins fiable voyait le jour sur les métamorphes.

D'autres personnes s'installèrent à l'extérieur, alors que le serveur avançait vers nous :
- Avez-vous choisi ?
- Un suprême burger avec de la salade, s'il vous plait, choisit Kéra.
- Trois tartares 250 grammes, dis-je.
- Dois-je rajouter des couverts ? questionna le garçon.
- Non.

J'ai faim, c'est tout.

- Prendrez-vous du vin ?
- Cela sera de l'eau pour moi, répondit Kéra.
- Idem.
- Très bien, conclut-il en s'éloignant.

Plusieurs petits groupes passèrent le seuil du restaurant.

- Alors ce n'est pas un mythe ?! Les métamorphes mangent comme trois, reprit Kéra.

Cela me fit presque sursauter. Dévoiler ouvertement ma condition, au vu de l'image de tueur qui nous collait à la peau... Sans parler des Frères de Sang et de leurs informateurs qui pouvaient être partout.
Je scrutai chaque personne présente dans la salle. Personne ne semblait faire attention à nous. Je me détendis.

- C'est le minimum requis pour travailler efficacement, lançai-je.
- Dans ce cas, peut-être devrais-je en ajouter ? me taquina-t-elle.
- Je ne suis pas assez efficace à ton goût ?
- À mon goût je ne sais pas, mais efficace on peut mieux faire.

J'aurai tout entendu.

- Tu as fait deux erreurs, pointa-t-elle tout à coup sérieuse.

Touché ! J'avais manqué d'être écrasé et elle avait failli être embrochée par ma faute.

- Tu aurais dû m'avertir pour la faible magie et les spécificités du lieu. Nous aurions pu combattre un peu plus loin et profiter de mon Glock, rétorquai-je.

Un partout.

Les deux coudes sur la table, son menton posé sur ses mains jointes, elle m'observait, calculatrice.

Je connaissais Kéra depuis peu, pourtant nous avions déjà risqué nos vies trois fois. Elle était pleine de ressources : ses connaissances étaient impressionnantes, sa pratique du katana excellente et son utilisation de la magie particulièrement efficace. Elle était plutôt franche avec moi, mais elle me donnait l'impression de cacher certaines choses. Cela me convenait, car je dissimulais aussi ma part de secret.

Ses cheveux bruns laissaient apparaitre quelques mèches éclaircies par le soleil. Ondulés et coupés au carré, ils mettaient en valeur son visage et ses yeux verts. Elle était belle, il n'y avait pas à dire. Pourtant, son expression était le plus souvent dure, voire fermée. Mais lorsqu'elle se forçait à sourire comme avec le serveur, son visage s'illuminait. Malgré ce masque, je pouvais voir dans ses pupilles ses émotions habilement cachées. Le plus souvent, je l'avais vu soucieuse, rarement curieuse ou malicieuse. Là, ils brillaient d'une lueur terne exprimant un intérêt mêlé de regrets ou de nostalgie. Bien sûr, avec mes propres difficultés à cerner mes émotions ou même d'en ressentir certaines, je me fiais rarement à mon ressenti, seulement aux actes.

Le serveur nous apporta nos plats. Nous nous souhaitâmes bon appétit avant d'attaquer sans attendre. Les saveurs de la viande crue, de câpres et autres condiments se diffusaient dans ma bouche quand une longue sensation de chaleur sillonna mon corps pendant un bon moment. Une lanterne magifluorescente, contenant des lucioles réagissant à la magie, s'illumina. Une véritable vague M venait de s'installer pour soixante heures environ, enfin selon mes calculs.

- C'était un choix d'aller là-bas en pleine vague tech ? questionnai-je.
- Oui. Sans magie, ils sont beaucoup moins puissants.
- Dans quelle mesure ?
- Cela dépend du démon. Prenons un exemple que tu connais : un nyx, qui n'est pas spécialement haut sur l'échelle de puissance des démons. Sans magie, ça vaut quoi ? Un léopard sachant voler. Avec de la magie, ça peut foudroyer à distance ou lever une tempête… La différence est plus que significative.
- Cela ne correspond pas du tout à Éther. Au mieux, il fait un peu de vent pour fuir plus vite…
- Il est jeune, le défendit Kéra.
- Il est surtout peureux.

Et pot de colle, et infiniment doux aussi.

- Comment l'as-tu acquis ?
- Il n'est pas à moi. C'est lui qui me suit !
- Pourquoi n'est-il pas avec toi ?
- J'ai fait en sorte qu'il nous laisse tranquille pour ne pas avoir à jouer le babysitteur.
- Comment vous êtes-vous rencontrés ?

J'hésitai avant de baisser la voix :
- Il combattait dans une arène illégale.

Kéra me fit une tête désapprobatrice.

- Je l'ai fait libérer. Mais à la place de simplement le relâcher, il m'a été « livré ». Depuis, il ne me lâche plus, dis-je d'un air faussement abattu.

Kéra réfléchit un moment :
- Je ne suis pas une spécialiste des nyx, mais cela ne me semble pas être un comportement normal.

Cela nous fit réfléchir. J'en profitais pour engloutir deux assiettes. Le restaurant était maintenant plein. Heureusement nous étions déjà servis, car l'arrivée de la magie fit prendre du retard à la suite du service.

- Alors à quoi passes-tu ton temps libre lorsque tu ne traques pas des démons ? demandai-je.
- Cela dépend des missions de la guilde des mercenaires…
- Pas de sport ? Un hobby ?

Elle se mit à réfléchir :
- Il m'arrive de lire.

Ah ! Quand même !

- Qu'as-tu lu dernièrement ?
- Une étude aboutissant sur une nouvelle manière de classer les néomagies. La chercheuse, Lisa Path, démontre de façon assez sommaire que certaines néomagies, aux effets variés, peuvent être très proches l'une de l'autre dans leur fonctionnement. Elle explique que l'environnement social et l'éducation reçue auraient un impact significatif dans l'émergence des néomagies. En partant de ce principe, et en s'appuyant sur son champ

d'études limité, elle propose un nouveau classement. C'était intéressant mais son classement est farfelu.

Heu… si tu le dis. Tout compte fait, je me demande si je ne préfère pas son premier passe-temps.

- Et toi ? Que fais-tu lorsque tu ne m'accompagnes pas ?
- Dernièrement, je n'ai pas vraiment de temps libre.

Elle fit une grimace. Elle se doutait que l'explosion de l'ambassade des métamorphes devait impliquer de nombreuses conséquences.

- Vous savez qui est derrière l'explosion ? tenta-t-elle.

Je humai l'air pour m'assurer qu'aucun métamorphe ne trainait dans le coin.

- Ce sont les Frères de Sang, une meu… un groupe extrêmement puissant.
- Pourquoi ont-ils fait ça ?
- Je pense qu'ils voulaient éliminer tous leurs principaux rivaux.
- Quel est leur but ?
- La domination, le pouvoir, l'égo… Un peu des trois, c'est difficile à dire.
- Quelle est la situation ?
- Nous sommes en guerre, dis-je à voix basse. Deux camps s'opposent, chacun essayant de rallier le plus de monde afin d'emporter la supériorité numérique et en finir avec l'autre.
- Il n'y a pas d'autres solutions ?

- Il y a eu une tentative de notre part. Elle est revenue en plusieurs morceaux.

Je laissai l'image faire son effet, puis je la prévins :
- Ce n'est qu'une question de jours avant que les escarmouches se transforment en guerre de rue.
- Il y a déjà trop de victimes collatérales parmi les humains. Vous êtes en train de signer votre arrêt de mort ! Comme c'est parti, la population en finira avec le vainqueur, voire avec vous tous.

Une petite chasse aux sorcières, enfin aux métamorphes, comme au bon vieux temps... le top quoi ! Je hochai la tête, l'air grave. J'en étais conscient.

- Et quand tous ces problèmes seront résolus, que feras-tu ?

Ça c'est super optimiste !

- Il faudra que je retrouve un logement, un travail et je reprendrai mes entrainements. Parce que d'après mes sources, je perds en masse musculaire…, dis-je sur le ton de la rigolade.
- Peut-être que j'ai mal vu la première fois, il faisait sombre, tu étais immergé et j'étais fatiguée, se défendit-elle en pensant à notre baignade salvatrice pour fuir les lépidomortis.
- Je n'oserais remettre en doute ton œil expert, l'enfonçai-je.

Elle me fit un air faussement méchant pour ne pas avoir compris son excuse à peine dissimulée. J'en souris avant d'attaquer ma dernière assiette. Penché sur ma fourchette, je crus apercevoir une risette furtive. Kéra était dangereuse, certainement un peu folle, pourtant je l'aimais bien.

J'étais repu.

- Comment ça se passe à l'Université Privée de Magie ? questionnai-je.
- Plus aucun métamorphe ne vient en cours. Je préfère ça que faire face à des règlements de comptes dans notre enceinte.

Tu m'étonnes.

- Et j'ai renforcé la sécurité pour faire face aux éventualités.
- Éventualités ? Garous ou démons ?
- Les deux.

J'avoue : la question n'était pas pertinente.

- Les démons peuvent-ils en avoir fini et être simplement partis ?

Kéra rit jaune :
- Oui, et moi je suis un dragon. Si on ne les trouve pas, ça va simplement nous péter en pleine tête. Et le résultat sera bien plus désagréable qu'une guerre entre métamorphes.

Ah ! Kéra et sa retenue. Je devrais l'emmener à une réunion des alphas, je suis sûr que le résultat serait détonnant.

- Comment comptes-tu retrouver leur trace ?
- En cherchant.
- Tu as une piste ?
- Non, mais les démons ne sont pas connus pour être des créatures très discrètes. Ils préfèrent le m'as-tu-vu. Si le gouvernement, ou je ne sais quelle entité, ne cachait pas ces informations, on les aurait retrouvés depuis longtemps !

Je soupirai. La récréation était finie... Kéra paya puis me déposa devant le palais du Luxembourg, le refuge des Félis.

Chapitre 3

- *Le monde se rappelle encore de la première vague magique. Nous l'avions baptisée vague noire, pour l'obscurité dans laquelle elle avait plongé le monde. D'ailleurs, par la suite, on a gardé le terme "vague" pour traiter des va-et-vient de la magie. Mais je m'égare. Avant la vague noire, nous répertoriions surtout des phénomènes localisés. Bien sûr, il y a eu les deux blackouts, mais ces évènements n'avaient duré que quelques heures. Au début du siècle, on ne parlait pas de magie, mais d'éruption solaire pour expliquer ces phénomènes. C'est sûrement là l'une des plus grosses erreurs du gouvernement de l'époque.*
- *Vous pensez qu'il était au courant ?*
- *C'est évident ! L'apparition d'une force inconnue, de la magie, était un secret d'état.*
- *S'il avait informé la population, cela aurait-il vraiment changé quelque chose ?*
- *On ne le saura jamais. Mais la vague noire a duré seize jours et cinquante-deux minutes. Durant tout ce temps, le monde et les Français se sont retrouvés livrés à eux-mêmes, dans l'incompréhension la plus totale. Plus d'électricité, plus de téléphone portable, plus d'ondes radio, plus de voiture... Personne n'était préparé. Qui aurait pu prévoir un tel cataclysme ? Beaucoup de citoyens ont pensé à une guerre. La situation a rapidement dégénéré et les évènements que l'on connaît se sont déroulés.*

- Pouvez-vous les rappeler pour nos jeunes auditeurs ?
- Bien sûr. Très rapidement, on a manqué d'eau potable dans toutes les grandes villes. Des émeutes et les pillages ont éclaté partout. Les forces de l'ordre ont été submergées. Il faut bien comprendre qu'il n'y avait pas de télépathe, pas de mage, pas d'enchantement. Personne ne savait utiliser la magie ! Et l'ensemble de notre technologie, de notre sophistication était hors d'usage. Même sans l'apparition dramatique de nombreuses créatures et d'effets magiques incontrôlables, nous aurions payé un lourd tribut. Mais l'histoire en a voulu autrement. Les métamorphes se sont éveillés. Des personnes ont soudain acquis des "pouvoirs" qu'ils ne contrôlaient pas. Pour ajouter à la confusion, des créatures magiques, que l'on pensait imaginaires, ont pris forme et ont fauché de nombreuses vies. Le gouvernement de l'époque en a payé le prix fort, avec la perte de quatre-vingts pourcents des membres du Sénat. Le gouvernement ne s'en est jamais vraiment relevé [...].

Interview lors de la commémoration des victimes de la vague noire

J'étais devant les portes closes du palais du Luxembourg. Au-dessus de l'entrée, au balcon, deux gardes discrets étaient postés dans l'ombre.

- Je souhaite m'entretenir avec votre alpha, dis-je distinctement.
- Il ne reçoit personne.
- Je viens en tant que représentant de l'Alliance.

Ils marmonnèrent entre eux. Malgré mes sens aigus, je ne compris rien.

- Si vous désirez être reçu, adressez un courrier pour demander une audience.

Une audience ? Rien que ça. Je sortis une vieille lettre écrite de la main de Daniel Dumont, leur chef.

- J'ai été invité ! dis-je en agitant la lettre.

Je dépliai le papier et le tournai vers eux. L'un d'eux s'approcha du garde-fou et lut l'invitation à plus de six mètres de distance. Les garous félins avaient vraiment de très bons yeux ; meilleurs que les loups. Ils rediscutèrent à voix basse. Je compris que je les embêtai et qu'ils ne savaient pas trop comment agir.

Je pris un ton sec :
- Je me nomme Hermorrhage. Allez m'annoncer à votre Alpha ! Je n'ai pas toute la journée !

L'un d'eux tiqua. Il n'avait pas apprécié l'ordre. *Le petit chat n'est pas content de recevoir une directive ?* Je m'impatientais. Il était certain que les Frères de Sang surveillaient les allées et venues des Félis. Plus je restais là comme un con, plus ma vie se raccourcissait. L'idée de forcer le passage en escaladant la façade émergea. *Pas sûr que diplomatiquement cela soit l'idéal.* L'un des gardes siffla à l'attention de quelqu'un à l'intérieur. Un autre félis apparut quelques secondes plus tard, avant de redisparaitre. *Cool un messager... dans une heure, je suis encore là.*

Je pris mon mal en patience, observant les alentours. Mes solutions de repli étaient toutes médiocres. La meilleure option en cas d'attaque était d'entrer de force chez les Félis. Je n'aurai pas le choix. Les secondes passèrent, puis les minutes. Enfin, j'entendis des barres, bloquant la porte de l'intérieur, être déplacées, ainsi que des cliquetis de serrure. Quatre crinos apparurent : un couple de lynx, une tigresse et un lion. *Je ne savais pas que j'étais si dangereux.*

Une femme, que je n'avais pas vue s'adressa à moi :
- Vous pouvez entrer.

J'hésitai. Je ne connaissais pas les Félis. J'avais juste rencontré leur chef à quelques occasions et il était plutôt désagréable. J'étais sous forme humaine. Pimprenelle était dans mon dos. Si je devais réagir rapidement face à quatre félins déjà en forme de guerre et à portée de griffe, mes chances étaient minces. Il faudrait que je danse, interposant au moins l'un d'eux entre un, voire deux, autres. Je pourrais aussi utiliser la femme comme bouclier, ce qui me laisserait le temps de dégainer Pimprenelle. J'avançai, entrant sous un grand porche. Je découvris une autre grille et deux hommes armés d'arbalètes.

- Bonjour, merci de me recevoir, dis-je faussement détendu.

Un des lynx-garou grogna. *Quoi, tu n'es pas content de me voir ?*

- Je vais vous demander de laisser vos armes ici, m'annonça la femme blonde.
- Je ne ... *crois pas*, faillis-je dire.

Les crinos se crispèrent, le lion-garou sortit les griffes.

- Je n'en espérais pas moins, repris-je.

Je leur remis mon Glock et ma claymore. *Pfff, quelle galère cette mission diplomatique. Elle est à peine commencée que j'en ai déjà marre.* La première porte fut refermée et barricadée. Ensuite seulement, ils ouvrirent la grille menant dans la cour. *Les gars, le jour où vous subirez une attaque, vos ennemis ne passeront pas par l'entrée !*

La cour, entourée de bâtiments, était immense. Une dizaine de voitures de luxe étaient garées. Une personne balayait sur ma gauche. Je vis aussi une autre personne assise sur le toit en face de moi. Les quatre crinos se positionnèrent en carré autour de moi. La jeune femme ouvrit la marche. L'écho des griffes marchant sur le pavé résonnait alors que l'on traversait l'endroit. L'extérieur était nickel : les façades, les fenêtres, même les pavés étaient propres.

Rapidement on me fit entrer dans une première salle immense. De chaque côté, la pièce s'étendait sur une trentaine de mètres. Les dorures, les peintures, les plafonds, les lustres, tout était magnifique, rappelant une période faste. Et dire que Daniel Dumont avait acquis le château et les jardins pour une bouchée de pain. En effet, lors de la vague noire, la première réelle vague magique, un virus magique avait décimé toutes les personnes présentes au palais du Luxembourg. Après la catastrophe, les lieux avaient été réinvestis. Mais quelques semaines plus tard, lorsque la magie ressurgit, le virus se réactiva, tuant à nouveau. Le palais fut alors abandonné jusqu'à ce qu'un métamorphe se rende compte que le virus ne tuait que les humains. Rapidement, les lieux devinrent un refuge pour les garous. C'est alors que Daniel Dumont acquit le Palais, fonda les Félis, et expulsa tous ceux ne répondant pas à ses critères.

Je suivis ma guide dans un couloir rempli de bustes sculptés, puis dans une grande salle en demi-cercle. Presque au centre, installé sur un trône doré avec des pieds représentant deux sphinx, Daniel, l'alpha des Félis, se pavanait. Placé sur une estrade surplombant le reste de la pièce, il était mis en valeur par la lumière plongeante. Il était impossible à manquer. Son accoutrement était pire que dans mes souvenirs. Il portait une tunique couleur sable, un pantalon slim blanc, des chaussures d'un autre temps et un manteau impérial en fourrure couleur rouge et or.

Ce mec est zinzin ! Même s'il faisait plus frais que dehors, la température devait avoisiner les vingt-cinq degrés… Il devait mourir de chaud dans son déguisement, digne d'un roi. Et ce n'était pas les auréoles sous ses bras qui allaient me contredire… Il valait mieux éviter de m'approcher de lui si je voulais sauver le peu d'odorat qu'il me restait après ce matin.

Derrière Daniel, deux lion-garous sécurisaient son périmètre. La salle semblait avoir accueilli de nombreux fauteuils et pupitres à en croire les traces au sol. Deux tiers avaient été enlevés pour faire davantage de place face au nouveau monarque. Dans le fond de la pièce, parmi la centaine de places assises, une douzaine de métamorphes étaient éparpillés. Je pus y distinguer une majorité d'adultes et quelques enfants. *C'est gentil d'avoir réuni la famille pour moi, mais il ne fallait pas.*

À bien regarder, cette pièce aussi était somptueuse : sculptures, gravures… Dommage que je n'avais pas le temps pour faire un peu de tourisme. On m'escorta jusqu'au centre. Puis mes gardes prirent place : deux en bas de l'estrade du "Roi" et deux vers ses sujets.

Toute cette mise en scène était d'un lourd… Mais cela faisait son effet, je ne savais pas quel protocole appliquer afin d'aborder la chose qui m'amenait ici.

Avant que je me décide à mettre les pieds dans le plat, l'alpha prit la parole, s'adressant à sa cour :
- Aujourd'hui, quelqu'un nous a dérangé afin d'obtenir une entrevue avec moi. Cependant, je n'ai croisé cette … personne qu'à quelques occasions. Je me demande s'il est digne de recevoir mon attention… *Je vais t'en mettre de l'attention, tu vas voir !*

- Est-ce que quelqu'un connaît cet individu ? continua-t-il dans une gestuelle exagérée.

Personne ne broncha. *Et voilà les premiers effluves... Tu sues bordel !*

- C'est ce que je le craignais..., reprit Daniel. Comme il nous a fait déplacer, je pensais le mettre à l'épreuve.

Plusieurs chuchotements soudain intéressés s'élevèrent. Dans une posture théâtrale, l'alpha agita une main pour demander le calme. Ce qu'il obtint rapidement. *Waouh, c'est quoi sa technique ? Il faut absolument qu'il la transmette aux enseignants et aux instituteurs !*

- S'il veut s'adresser à moi, il faudra qu'il prouve sa valeur !
- Et comment dois-je procéder ? le coupai-je.

L'assemblée hoqueta.

Sans tenir compte de mon intervention, comme s'il s'adressait à une population de mille personnes :
- Que Belkheir se présente à moi.

Un immense lion déjà en crinos, à la crinière noire au niveau de son poitrail, apparut d'un couloir. *Comme c'est bizarre...je dirais presque que c'était prémédité...* À sa démarche, je me doutais que Belkheir était un combattant aguerri.

Le guerrier prit forme humaine. Complètement nu, il s'adressa à son chef :

- Seigneur, vous m'avez appelé ?

Seigneur ?! Carrément ! À la place de lui lécher les bottes tu devrais apprendre à parler en crinos.

- Cet organisme vivant doit prouver sa valeur, l'informa Daniel.

« Organisme vivant », je crois que je régresse...S'il continuait comme ça, j'allais finir par mourir de rire. Cette entrevue était un sketch.

- Il prouvera ou agonisera ! annonça Belkheir.

Bah ça alors ! Un combat, comme c'est original... Il faut changer un peu ! Pourquoi pas une partie de dominos ? Une charade ?

Le guerrier se plaça face à moi.

Une partie de loup-garou de Thiercelieux ? Ouais, vous n'êtes pas trop loup... je comprends.

Je lui fis un petit sourire faussement nerveux. Il fit craquer ses phalanges.

Une partie d'un, deux, trois, soleil ?

Belkheir fit de larges mouvements pour s'échauffer les épaules.

- Sans rire, on n'a rien de mieux à faire que s'amocher ? apostrophai-je Daniel.

Ce dernier me regarda pour la première fois et sourit d'un air mauvais :
- Tu peux en faire de la pâtée pour chiens.

Le temps de me tourner face à mon adversaire, il m'attaqua, m'envoyant un coup de pied dans les jambes. Surpris, je pris un petit coup. Toujours du côté droit, il enchaina avec un coup de poing en plein visage. Je réussis à me protéger. L'impact m'indiqua que c'était une nouvelle feinte. J'abaissai légèrement ma garde quand un direct du gauche me percuta les avant-bras relevés de justesse. Le coup de pied suivant me percuta le côté du visage à pleine puissance. Je m'écrasai à terre, sonné par la force du coup. J'avais mal à la tête ainsi que des vertiges. Mes tympans bourdonnaient alors que le goût du sang apparaissait dans ma bouche. J'étais complètement désorienté. Heureusement, le VLS, le Virus Lupus Satanis, était déjà à l'œuvre pour rétablir tout ça. Mon odorat m'alarma. Mon adversaire était en train de changer d'odeur : il mutait. J'ouvris les yeux malgré les étoiles. À ce moment, je sus que j'avais gagné. Belkheir avait entamé sa transformation, mais elle était lente, beaucoup trop lente. Pourquoi avoir sacrifié un tel avantage ? J'étais à sa merci. Certes, il ne pouvait pas savoir que le VLS était anormalement concentré dans mon organisme. Au point que lors de ma première transformation, et encore maintenant, j'aurais dû sombrer dans la sombrae, la folie des métamorphes. Mais grâce à cela, ma régénération était démultipliée.

L'orgueil était vraiment un vilain défaut que j'adorais chez les autres.

Je fis mine d'être encore complètement hors d'état de nuire, feignant l'impossibilité de me lever, regardant partout comme si je ne comprenais pas ce qui m'entourait. Quand il faillit perdre l'équilibre, ses rotules changeant d'axe, je me relevai comme une fleur, à la stupéfaction de l'auditoire. Il était à peine à moitié transformé en une quinzaine de secondes… Il ne put résister à mes assauts : je profitai de chaque faille que sa transformation incomplète m'offrait. Mes coups entrainèrent hématomes et fractures. Son organisme préféra réparer les dommages plutôt que compléter sa transformation. Telle une créature non aboutie et maladroite, il subit mes offensives répétés, se protégeant du mieux qu'il put.

- Et quand tout ceci s'arrête-t-il ? questionnai-je énervé.

Pas de réponse. Je venais de lui infliger une cinquième facture, il en aurait pour plusieurs jours à se remettre, même avec le VLS. Si je continuais, c'était sa santé mentale que je risquai. Pourtant, Belkheir n'abdiquait pas. Pire, son alpha n'intervenait pas pour mettre fin à ce combat.

- Je pensais que le rôle de l'alpha était de veiller sur les siens ! critiquai-je en regardant le souverain sur son trône doré.

Daniel n'aima pas. Ses yeux brillèrent d'énervement. Je le défiais ouvertement. Ce n'était pas une bonne idée, mais si cela pouvait mettre fin à tout ceci... L'assemblée s'agita un peu mais je ne fis pas attention.

Au moment, où j'allais placer une nouvelle réplique cinglante, il prit la parole :
- Hermorrhage a prouvé sa valeur au combat, interrompit Daniel à l'intention des autres métamorphes. Hélas, je ne m'occupe que des miens : les félins. C'est pourquoi je n'entendrai pas ce loup.

Il ne veut pas m'entendre ?! Il va être servi. À force de cacher ma capacité à me transformer en tigre, pour passer inaperçu et pour garder un atout au combat, la rumeur s'était transformée en légende urbaine. Si bien que même les personnes proches de moi en doutaient.

- Vous dites que vous écouteriez un félin-garou ?

Je le vis hésiter. Il avait été mis au courant de mon état mais aucune preuve ne lui avait été donnée. L'assemblée remua.

- Oui, finit-il par lâcher à contrecœur.

Mes pieds s'étirèrent. Je défis le nœud de mon short afin que le lien de ne se rompe pas. Mes jambes s'épaissirent, prenant leur forme de guerre. Mon court museau commença à pointer avant qu'une dense fourrure rayée apparaisse sur l'ensemble de mon corps. Mes oreilles devenue rondes prirent place sur le dessus de mon crâne.

Ma dentition se régénéra en crocs acérés. Mes organes principaux firent quelques cabrioles alors que mon thorax et mon abdomen prenaient leur nouvelle forme. Enfin mes bras, encore totalement humains, se musclèrent, se densifièrent et s'allongèrent en même temps que mes mains.

Au milieu de la pièce, j'arborai ma forme ultra-secrète de tigre-garou à un tas d'inconnus. Le tout en short et t-shirt moulant légèrement déchiré. *Arnaud et Christophe m'en devront une belle...*

- Maintenant que les présentations sont faites et les épreuves passées, est-il possible de vous parler ? exprimai-je en crinos, à l'attention de Daniel.

Sur les traits de son visage, je lus une répugnance certaine à mon égard. Cependant, j'avais conquis l'assemblée. Les enfants étaient devenus bruyants et les adultes débattaient entre eux.

L'alpha hésita, pesant le pour et le contre, cherchant une astuce pour y déroger. Puis soudainement, il fut pressé :
- Parle !

Alléluia, il faudra que je fasse une offrande au dieu des métamorphes, quel qu'il soit. En temps normal j'aurais repris ma forme humaine, mais bizarrement, mesurer trois mètres et être armé de crocs et de griffes me donnait une impression de sécurité.

- Je viens m'entretenir avec vous sur la situation actuelle. Vous n'êtes pas sans savoir que les Frères de Sang projettent de s'accaparer Paris en absorbant les autres meutes ou en les éliminant. Ma question est simple : quelle est votre position ? Allez-vous nous rejoindre contre les Frères de Sang ?
- Non, me répondit-il.
- Non ?!
- Il est hors de question que je mette en péril la vie des miens.

J'étais outré. Se croyait-il être la Suisse ?

- Ils ont essayé de vous tuer ! Ils ont rasé l'ambassade et tué plusieurs alphas ! m'indignai-je. Et vous allez simplement rester là, à attendre de voir ?
- Je n'interviendrai pas dans cette guerre tant que l'on ne s'en prendra pas à mon territoire.

Une idée pétilla dans ses yeux :
- À moins que les meutes de l'Alliance s'en remettent à mon autorité, auquel cas je les protègerai.

Impossible que les alphas abandonnent leurs meutes de cette manière.

- Vous êtes prêt à accueillir loups, renards et ours ? Je ne vous savais pas aussi ouvert... raillai-je.
- Pour le bien des métamorphes de Paris ! dit-il solennel.

Il savait pertinemment que sa proposition était indécente, même insultante.

- Je leur ferai part de votre alléchante proposition.

Je tournai les talons avant qu'il me congédie. Ce petit affront était mérité. Puis, face à l'assemblée, je les avertis :
- Au cas où l'Alliance perde, vers qui les Frères de Sang se tourneront ensuite ? J'espère que vos enfants savent se battre et que vos mâles sont partageurs…

Méditez sur ça pendant que l'on risque nos vies pour votre liberté. L'envie de défier Daniel me traversa l'esprit, mais considérant l'hurluberlu, il enverrait ses gardes avant de descendre de son trône.

Au dernier comptage, l'Alliance était composée d'environ six cents métamorphes répartis dans vingt-six meutes. Selon nos espions, nous disposions d'une force de frappe équivalente aux Frères de Sang. Mais ces derniers n'avaient pas à gérer vingt-six alphas… Ils étaient plus coordonnés et ils préparaient cette guerre depuis plusieurs mois. C'était déjà un miracle que l'on ait survécu à la destruction de l'ambassade, ainsi qu'à leur première attaque sur la Meute. Les Félis, avec une soixantaine de membres, étaient le troisième plus grand clan, après les Frères de Sang et la Meute. Leur ralliement pouvait être la clé de la victoire… Je pris le chemin de la sortie. Daniel beugla. *Oups, il n'est pas content.*

- Où te crois-tu ?

Je lui refis face, avec toute la prestance de ma forme de guerre.

- Dans un ersatz de cour royale, avec un pleutre aux commandes, rétorquai-je.

Et bim, si avec ça il ne m'attaque pas... Les gardes se préparèrent à m'affronter. Daniel se leva, rouge de colère. Ses yeux crépitaient d'une lueur verte, contenant l'explosion de rage. Il ouvrit la bouche. *Aie ! Non, pas les gardes.*

Je le coupai :
- Bonne idée ! Tuez-moi ! Comme ça, quel que soit le camp qui gagnera cette guerre, le résultat sera le même pour vous : les Félis seront anéantis.

Aucun son ne sortit de sa bouche. Il ne me sauta pas dessus non plus. Je choisis alors de filer. À grandes enjambées, je quittai la salle sous les yeux médusés de l'assemblée. Je parcourus une distance que je n'aurais crue possible avant que l'on me rattrape au pas de course. Je me retournai, toutes griffes dehors.

Les deux lynx venaient de me rattraper. L'un d'eux ouvrit la bouche :
- S'cort.

Il n'était pas facile de parler en crinos, d'ailleurs c'était plus un exercice de ventriloquie qu'autre chose. Mais Christophe avait veillé à ce que je devienne expert en la matière. « Atout stratégique » avait-il martelé pendant mon apprentissage.

- Vous voulez m'escorter, alors passez devant, dis-je.

Il était hors de question d'en laisser un seul dans mon dos après ce que je venais de faire. Ils ouvrirent la marche sans broncher. Ils imprimèrent un rythme soutenu à la limite de la course, donnant un sentiment de fuite. En moins de temps qu'il ne faut pour le dire, je fus dehors, mon holster et Pimprenelle tout juste remis entre mes pattes.

Coucou les passants, ne vous inquiétez pas, je suis un gentil !

Chapitre 4

Un métamorphe a fait paniquer Paris !
En pleine journée, plusieurs témoins ont vu un tigre-garou
armé, courir dans la capitale. Il n'aurait cependant
attaqué personne. Cet évènement vient s'ajouter à la
longue liste d'incidents perpétrés par ces monstres.

Information relayée par la mairie de Paris, le dimanche 12
août.

J'avais enfin rejoint la forêt de Boulogne. J'arrêtai de
courir afin de m'assurer que mes poursuivants aient enfin
renoncé. Je ne vis personne. Étaient-ils déjà en train de
m'encercler ? Avaient-ils pris le risque de s'aventurer si
près du territoire de la Meute ?

Toujours en forme de guerre orange rayée de noir, j'étais
usé physiquement, et je commençais à l'être magiquement.
Maintenir ma forme de crinos, mi-homme mi-bête,
pendant une demi-heure m'avait pompé une bonne
quantité de magie. Et traverser Paris en courant dans cette
forme n'avait pas été ma meilleure idée…

Dans un premier temps, ma forme de tigre-garou m'avait bien aidée à sauter de toit en toit pour éviter l'embuscade que les Frères de Sang avaient préparée. Mon erreur avait été de la garder jusqu'ici.

Je pris la décision de changer pour ma forme de loup-garou, plus endurante. Le changement fut plus lent que d'habitude, signe de ma faiblesse. Je prenais un risque en puisant encore un peu plus dans mes réserves, mais s'ils me tombaient dessus en humain, c'était la mort assurée. Je repris ma course vers le territoire de la Meute. Les quelques kilomètres restants furent parcourus dans la douleur et l'anxiété.

Enfin, j'arrivai en vue de quatre gardes. Tous se transformèrent en crinos, prêts à accueillir la menace. Les Frères de Sang devaient être derrière moi ! J'accélérai. Au lieu de me laisser la place pour entrer, les gardes bloquèrent le passage. *Ils sont débiles ou quoi ?* Je risquai un regard en arrière. Personne. Je ralentis brusquement. C'était moi la menace : un loup-garou déboulant sans s'annoncer.

Je franchis la distance restante en marchant. J'étais hors d'haleine. Mon cœur battait à tout rompre. Je m'arrêtai à cinq mètres d'eux.

- Hermorrhage, j'aimerais entrer, dis-je alors qu'ils identifiaient mon odeur.
- Hourquoiêhreahharu comme ça ? On a failli donner l'alerhe, me répondit l'un d'eux maladroitement.

Je faisais mon sport, ça ne se voit pas ?

- Je viens de traverser… la moitié de Paris… avec deux meutes des Frères de Sang aux basques… dis-je essoufflé. Je pense… qu'ils ont abandonné… lorsque je suis entré dans la forêt… mais je n'en suis pas certain.

Deux gardes épièrent au loin. Le troisième grogna.

- Je peux entrer ?! demandai-je en liant la parole à l'acte.
- Non, me bloqua mon interlocuteur. Votre code ?

Afin de limiter les usurpations d'identité, surtout magique, chaque meute de l'Alliance s'était vu attribuer un code, un signe, une phrase, pour entrer sur le territoire de la Meute.

Je mis mon bras gauche le long de ma jambe tout en désignant le sol.

- Ehha, dit-il à l'attention d'un autre garde loup-garou, ou plutôt louve-garou.

Toi, tu as vraiment du mal à communiquer en crinos. Mais bon c'est mieux que rien !

Cette dernière disparut dans un abri en bois construit à la hâte. En sortit Emma, la fille de l'ancien ambassadeur de la Meute, totalement nue. Un registre et un stylo à la main, elle nota mon retour.

- Salut Emma, décidai-je à formuler en signant.

Nos regards se croisèrent. Ses yeux étaient ternes, reflétant une désolation profonde. S'en voulait-elle encore de m'avoir mordu trois ans plus tôt ? J'espérais que non. Il y a encore un mois, elle rayonnait la joie de vivre. Mais le meurtre de ses parents lors de l'attaque de l'ambassade l'avait bouleversée. Puis, il y a quatre jours, son frère était encore sorti seul. Hélas, cette fois il croisa des Frères de Sang... Maintenant, elle n'avait plus de famille... Heureusement, Arnaud, son alpha, la bombardait de missions afin de la tenir occupée, craignant qu'elle se laisse aller à ses instincts animaux.

Les gardes reprirent leur apparence humaine. Enfin en sécurité, je fis de même en continuant de détailler Emma. Elle avait vingt et un ans, mais en paraissait trente-cinq à cause de plusieurs cheveux blancs parmi la dominance de brun. Ses yeux étaient cernés et ses épaules voûtées. Elle enfila un short neuf ainsi qu'un t-shirt sans motif, comme les trois autres gardes. Puis elle reprit son poste, tel un robot.

Je les saluai avant de partir. Pour ma part, mes vêtements étaient fichus mais ils me couvraient encore. Maintenant mon short en position, je parcourus encore un kilomètre à travers la forêt. Le cas d'Emma faisait bouillonner en moi diverses émotions. J'étais triste pour elle : perdre ses parents était une épreuve, perdre toute sa famille, une désolation. Et tout cela à cause d'une meute, d'un chef ! Cela me rendait furieux. Je sentis le VLS se préparer pour une transformation. Je m'arrêtai, me tenant à un arbre. *Respire doucement.* J'essayai de me calmer, mais le souvenir de Croc, l'alpha des Frères de Sang, m'apparut.

Ma vision se voila de rouge. *Calme toi, bordel !* Mon pouls s'accéléra. Je commençai à muter, pire, je perdais le contrôle. *Pense à autre chose !* Je tombai à terre, essayant de résister tout en grognant. *Éther !* Je pensai à son poil soyeux aussi léger que l'air, son odeur indéchiffrable. Je me perdis dans cette rêverie. Cela me pris un peu de temps mais cela me calma.

Font chier ces sentiments ! Stop !Je ne dois pas m'énerver... calme... zen...

Je m'allongeai sur le dos. Je regardai le ciel à travers le feuillage. C'était la seconde fois que j'étais pris de cette sensation de perdre pied. Thierry, le médecin de la Meute, allait-il avoir raison ? Étais-je destiné à sombrer dans la folie ? Justement au moment où il avait décidé d'arrêter de suivre mon cas...

Je fis le point, calmement. La première crise remontait à une dizaine de jours. Elle avait été moins difficile à contrôler. Elle m'avait pris en pleine réunion de l'Alliance. Christophe venait d'annoncer à tous l'une des nouvelles manœuvres des Frères de Sang : l'assassinat de familles humaines proches de certains métamorphes. La colère m'avait envahie, comme d'autres alphas. Cependant, le virus dans mon corps s'était retrouvé stimulé, comme si je préparais une transformation rapide. Mon attention avait été attirée par de nouveaux ordres pour ma meute, et cela n'était pas allé plus loin.

Dois-je en parler ? Et à qui ?

Aux membres de ma meute ? Je n'étais pas inspiré. Au doc ? Il me mettrait en quarantaine. À Arnaud, ça ne serait pas mieux. Je ne voyais que Christophe. Si vraiment je devenais un danger pour les autres, il prendrait la bonne décision. Si cela restait incertain, il me donnerait des conseils. De toute façon, je ne pouvais pas rester comme ça. Peut-être était-ce juste un peu de surmenage ?!

Je me relevai péniblement. Je me sentis. J'y détectai ma sueur, mes odeurs de crinos, le tout saupoudré de sang d'astacoidre. Pas de trace de cette fragrance particulière révélatrice de la sombrae. *C'est sûrement dû à la fatigue.* Et dire qu'il n'y avait pas si longtemps je savais à peine ce que signifiait être en colère…

À la frontière ouest du territoire de la Meute, je rejoignis une bâtisse en pierre. Constituée de deux pièces de quarante mètres carrés chacune, c'était ma nouvelle habitation ; enfin notre nouvelle habitation. J'enjambai les dessins d'un rituel entourant la maison, en prenant garde de les laisser intacts. Ce sort de barrière empêchait quiconque, sauf une dizaine de personnes, d'entrer, et même d'entendre ce qu'il se passait à l'intérieur. Cela avait été rendu possible grâce à Éther, le seul d'entre nous à pouvoir l'alimenter en magie.

Je poussai la porte. J'aperçus Maggie en compagnie d'Éther.

- Bonjour tout le monde, dis-je.
- Bonjour, me répondit Maggie, heureuse de me retrouver.

Éther me surprit en ne bronchant pas. Il ne vint même pas à ma rencontre comme à son habitude.

- Tu me fais la gueule ? interrogeai-je.

Maggie incita Éther à aller vers moi. Le félin ailé, blanc, rayé de rouge, se tourna à l'opposé. Il resta figé à côté de l'ancienne hôtesse d'accueil de l'ambassade des métamorphes. Maggie portait comme à son habitude des vêtements classes, absolument pas adaptés au combat. Au début, j'avais trouvé que son code vestimentaire convenait à son emploi. C'était rassurant d'être accueilli par une humaine sur son trente et un. Même si très peu d'humains se rendaient d'eux-mêmes à l'ambassade. Cela transmettait une belle image, loin des clichés. Mais depuis qu'elle était au chômage technique, et avec nous, je m'étais aperçu que son job n'avait rien à voir. Elle s'habillait juste ainsi.

- Ah ouais carrément… Quand tu auras fini de bouder, tu me le feras savoir, dis-je à l'attention d'Éther. Sébastien est dans le coin ? demandai-je à Maggie
- Il est encore en patrouille.

Comme tous les membres de l'Alliance, nous participions à notre niveau à la sécurisation du territoire. Avec la guerre et les dispositions prises par nos ennemis, de nombreuses meutes étaient maintenant hébergées sur les terres de la Meute. Cela simplifiait la défense, mais pas les relations. Le bon côté : notre zone était à l'écart des autres meutes. Le mauvais : nous étions en première ligne. Nous avions le rôle d'alarme jetable. Chouette, non ?

Dès que Sébastien arriverait, il faudrait que je me décide à aborder la dissolution de notre groupe. Cela faisait trop longtemps que je repoussais l'échéance. Ma meute devait, à l'origine, ne contenir que moi. Cela ne devait être qu'une astuce pour rabattre le caquet d'un alpha lors d'une réunion. Puis tout avait dérapé : Maggie, la renarde, et Sébastien, l'ours, s'étaient alors incrustés.

Soudain je sentis des brides d'odeurs qui n'avaient rien à faire ici. Elles m'évoquaient quelque chose, mais elles étaient trop diffuses pour savoir à qui elles appartenaient.

- Quelqu'un aimerait te rencontrer, me dit Maggie.
- Qui ?
- Il ne s'est pas présenté, mais c'est Arnaud qui l'envoie. J'ai vérifié. Il attend à la limite du territoire.
- Eh bien, il attendra. Je dois d'abord vous parler.

Cela attira l'attention d'Éther, qui inclina la tête. Je lui souris, il détourna le regard. *Tu le prends comme ça ? Alors je m'en vais.* Je sortis. Du coin de l'œil, je le vis soudain paniqué et hésitant, à côté de Maggie. Caché, je me préparai à lui sauter dessus dès qu'il émergerait. Il ne vint pas. L'avais-je vexé à ce point ? J'abandonnai mon espoir de jouer avec Éther, puis me rendis au puits tout proche. J'espérais trouver une odeur plus nette de l'inconnu, mais le vent charria uniquement des odeurs de forêt. Je déchirai le reste de mes vêtements, avant de me verser un seau sur la tête. L'eau fraiche me saisit les chairs, cassant la chaleur ambiante. Rafraichi par le vent, je retournai dans la maison à la recherche de nouveaux vêtements amples mais indemnes. Maggie s'apprêtait à mettre de l'eau chauffée, afin de faire cuire des pâtes en accompagnement d'un jambonneau de sanglier cru.

- J'ai déjà mangé, l'informai-je. Je te remercie.

Elle retira la marmite d'eau du feu, soulagée. Maggie était beaucoup de choses, mais pas une cuisinière. Ce poste revenait à Sébastien. À nous quatre, nous étions assez complémentaires. Je commençai à m'attacher à eux, je le savais. Il fallait absolument arrêter ça avant qu'il ne soit trop tard. Cela déclenchait trop de sentiments ingérables.

Un ours passa la porte : Sébastien. Il reprit forme humaine.

- Salut chef, dit-il en me voyant. Tu es parti tôt ce matin… et tu as oublié Éther. Je crois qu'il t'en veut.
Non, tu crois ?!
- Bonjour Sébastien. Comment s'est passée ta ronde ?
- Rien à signaler. La meute d'Iris a pris le relais.
- Tu as bien changé d'itinéraire pour ta garde ?
- Oui chef !
- C'est parfait.
- Ah si ! Une chose : l'autre zig attend toujours.

Sébastien était une personne gentille, trop pour un métamorphe. Ses principaux défauts restaient sa facilité à faire confiance, ainsi que sa maladresse. À cause de cela, j'étais souvent sur son dos pour m'assurer que tout aille bien.

- Asseyez-vous, il faut que je vous parle de notre meute.

Maggie comprit immédiatement que cela n'allait pas lui plaire, tandis que Sébastien continua d'afficher un sourire, heureux de la tache bien accomplie. Quant à Éther, il alla se coucher dans un coin.

Cela s'adresse aussi à toi, idiot boudeur.

Une fois Sébastien rhabillé, je me lançai :
- La meute, dont nous faisons tous parti, a été créée un peu rapidement. L'attaque de l'ambassade et les évènements qui ont suivi ne nous ont pas permis de vraiment y réfléchir, ni de véritablement l'officialiser.
- Tu as annoncé la création en pleine réunion des alphas ! contra Maggie, déjà sur la défensive.

Cela n'allait pas être simple.

- Vous vous êtes invités sans me consulter. Sur le moment, cela m'a aidé, je vous en remercie, mais…

Ma voix se perdit.

- Si tu ne veux plus de moi, dis-le simplement, je partirai, intervint Sébastien d'un ton plat.
- Pareil pour moi ! enfonça Maggie au bord des larmes. Je ne sais pas où l'on ira, mais on ne t'embêtera plus.

Seul Éther ne broncha pas. Mais ses oreilles m'indiquèrent qu'il était encore plus contrarié. Si je les laissais partir, je les envoyais dans la gueule du loup, au sens propre comme au figuré. Ils ne retrouveraient pas de meute dans la situation actuelle. Je voulais juste aborder le sujet, leur laisser le temps pour qu'ils soient prêts le moment venu… J'avais mis les pieds dans le plat de la pire des manières. J'étais même persuadé que si je leur proposais de rester jusqu'à la fin de la guerre, ils refuseraient. *Je vais le regretter…*

- Ce que je voulais dire, c'est qu'il est temps de mettre les choses au clair. Premièrement, je ne suis pas votre alpha, ni votre chef. Notre meute fonctionnera de manière démocratique.

Leurs visages s'illuminèrent. Oh, pas pour mon idée de gestion, mais pour le fait que l'on resterait ensemble.

- Cela vous convient ? demandai-je.
- Oui.
- Oui.

J'aurais pu dire n'importe quoi, leurs réponses auraient été la même, me désolai-je.

- Ensuite, il nous faut un nom. Et il est hors de question de s'appeler la meute d'Hermorrhage ou un truc du genre.
- Même pas d'Éther ? tenta Sébastien.
- On ne va pas mettre Éther à toutes les sauces…

Ce dernier se fit soudain minuscule.

- Je ne parle pas de te manger ! indiquai-je à l'intéressé.

Éther était extrêmement intelligent, mais beaucoup d'expressions lui échappaient encore.

- Maggie, une idée ?
- Pourquoi pas Indompté ? proposa Sébastien.

Je haussais les épaules. J'interrogeai Maggie du regard.

- Bof, c'est un peu provocateur, non ? fit-elle remarquer.
- Alors la meute Tolérance ? renchérit l'ours.
- Cela me fait beaucoup trop penser aux Compagnons, commentai-je.
- Griffes Diplomatiques ?

Maggie et moi-même regardâmes Sébastien, incrédules, le laissant proposer une vingtaine de termes.

- Vous êtes vraiment compliqués ! finit-il par admettre. Pourquoi pas Thêríon ? C'est une des racines du mot thérianthropie signifiant mi-homme mi-bête…

Maggie valida d'un hochement de tête.

- Validé pour moi ! Éther, ça te convient ?

Il me tira la langue. Ah ça, les bêtises des enfants, il les avait rapidement assimilées, pas de problème !

- Je prends ça pour un oui. Donc ça sera la meute Thérion.

Mes trois compères se réjouirent de l'officialisation. *Au lieu de me débarrasser d'eux, je me suis enfoncé.* Je déprimais.

- Il faudrait s'occuper de notre invité. Il attend depuis trois heures maintenant, intervint Maggie.

Je n'ai pas envie de le voir. Il n'a qu'à repasser dans un an !

- Où le recevons-nous ? questionna la renarde.
- Dehors, lui dis-je, sous-entendu hors du champ de protection.

Nous nous dirigeâmes vers une table de pique-nique légèrement en retrait de la maison. Maggie partit chercher l'inconnu. Rapidement, elle revint avec Alpha, un loup que j'avais rencontré chez les Compagnons. Lui avait eu la bonne idée de ne pas les rejoindre.

- Bonjour Alpha, le saluai-je.

Maggie et Sébastien firent des yeux ronds, surpris. Mais avant que je puisse leur expliquer, le jeune homme prit la parole :
- Bonjour. Je préfère Alf, cela porte moins à confusion.

Ce n'est pas ma faute si tes parents t'ont refilé un prénom à la con...

- Asseyez-vous.
- Merci de me recevoir.

Si tu savais, comme je n'ai pas envie de t'écouter...

Alf prit place en face de moi, Sébastien s'assit à côté de moi, tandis que Maggie resta debout. Éther la rejoignit, avant de s'assoir à ses pieds. Alf était petit et maigrichon, plus que dans mes souvenirs. Ses yeux étaient cernés. Il portait un jeans coupé au-dessus des genoux, ainsi qu'une chemise déboutonnée. Niveau chaussures, il n'en avait pas.

- Qu'est-ce qui vous amène ?
- J'aimerais rejoindre votre meute.

Je faillis m'étouffer. *Sûrement pas !*

- Pourquoi ? m'enflammai-je.
- Pour être franc avec vous, la Meute m'a refusé à cause du contexte actuel. Mais leur alpha m'a fait comprendre que j'aurais plus de chance chez vous.

Nous ne sommes pas la poubelle de la Meute ! Et puis quoi encore ?

- Nous sommes également en guerre…
- Je suis conscient que les circonstances sont exécrables. Mais vous êtes mon dernier espoir. En ce moment, les loups solitaires ne font pas long feu dans Paris.

Quitte Paris.

- Votre meute est jeune et vous êtes peu nombreux, je pourrais vous aider, plaida-t-il.
- D'où viens-tu ?

Pas de réaction au tutoiement, c'est déjà ça.

Il réfléchit à sa réponse :
- Du Mercantour.
- Connais pas.
- C'est dans les alpes maritimes, dans le sud de la France, intervint Sébastien.

Connais pas quand même.

- Pourquoi ne pas retourner là-bas ? questionnais-je.
- Je ne le souhaite pas.

Dommage, cela m'aurait arrangé.

- Bon, on ne va pas perdre plus de temps, dis-je, sûr de moi. Qui est contre l'intégration d'un inconnu à notre meute ?

Je levai la main. Maggie, les yeux braqués sur Alf, ne bougea pas. Sébastien, quant à lui, fut soudain passionné par les oiseaux.

Je ravalai mon étonnement :
- Qui est pour ?

Sébastien leva fébrilement la main. Maggie ne bougea pas, je me détendis un peu.

- Un pour, un contre, en tant que créateur de cette meute, ma voix est prépondérante. Donc c'est niet.

- Bizarre pour un alpha qui ne veut pas être alpha, railla Alf. Je croyais que votre meute était démocratique ?!

Je vais t'en mettre de la démocratie ! Mais… comment est-il au courant ?

- Surveillez-le ! ordonnai-je en me levant. Éther, avec moi !

Je rejoignis rapidement la bâtisse, mon ami à quatre pattes derrière moi. Je m'accroupis avant de poser une main sur le tracé du rituel. Le dôme était désactivé. Qu'Alf ait entendu toute notre discussion n'était pas très grave, mais que l'on soit sans protection, sans le savoir, aurait pu avoir d'autres conséquences. Plus inquiétant, qui avait forcé notre défense ?

- S'il te plait, demandai-je à Éther.

Celui-ci posa sa patte à côté de ma main. Je sentis la magie parcourir le rituel, puis se dissiper tout aussi vite. Quelque chose n'allait pas. Je fis alors le tour de la maison, suivant un grand cercle. J'examinai ainsi le tracé dans la terre jusqu'à une rupture faite par des traces de sangliers.

Si je les trouve, je les bouffe.

Ces derniers avaient sûrement fureté ici la nuit dernière, durant la vague tech. À l'aide d'un bâton, je corrigeai la faille. Je finis le tour avant de demander à Éther un nouvel essai. Cette fois, la magie palpitante resta dans le marquage, activant ainsi notre bouclier.

- Merci mon grand, le félicitai-je. Il va falloir que l'on surveille cette défense beaucoup mieux ça.

Je vis ses yeux pétiller de joie, puis il se souvint qu'il me faisait la tête. Il rejoignit Maggie bien avant moi. À mon retour, je découvris que les trois métamorphes n'avaient pas bougé d'un pouce, s'observant avec une méfiance non dissimulée.

- Ce n'était pas grand-chose, désolé.

Ils se mirent à respirer à nouveau.

- Où en étions-nous ? Ah oui, le vote. Maggie, il faut que tu nous départages.
- Je ne le connais pas, je ne peux pas me décider comme ça. Cela peut être dangereux pour nous, mais c'est aussi critique pour lui de rester ainsi.

Donc le choix est simple : c'est notre sécurité. Même Éther prendrait la bonne décision ! Une idée lumineuse me vient.

- Dans ce cas, c'est à Éther de décider. Comme je suis en quelque sorte son tuteur, il se joint à mon vote. Voilà, on n'en parle plus. Désolé Alf, pe…

Éther se leva et alla se placer à côté de Sébastien. Il se mit sur ses pattes arrière, posant celles de devant sur la table. J'hallucinai.

- Tu votes pour ? hésitai-je.

Il fit oui de la tête. *Mais quel sale tapis ingrat !* Tous les yeux étaient rivés sur moi. Je mis un certain temps pour digérer le coup bas.

- Un contre, deux pour et un sans avis, dis-je la gorge serrée.

Cette idée de démocratie est la pire parmi les pires.

- Bienvenue, souhaita Sébastien au nouveau.

Maggie lui serra la main alors qu'Éther bondissait tout autour d'Alf. Je levai les yeux au ciel. *Ont-ils la moindre idée de la merde dans laquelle on est ? Pourquoi Arnaud a voulu me le refiler ?*

- Connais-tu Arnaud ? demandai-je de but en blanc.
- L'alpha de la Meute ? Je l'ai rencontré une fois.

Il n'avait pas l'air de mentir.

- Par contre, j'aimerais proposer une période d'essai. Si cela convient à tout le monde, évidemment. On se réunit dans un mois pour valider définitivement son adhésion.

Ou pas.

Tout le monde acquiesça, même l'intéressé. Avec de la chance, la guerre serait finie et il n'aurait plus besoin d'un refuge. À moins, qu'il ne nous trahisse avant…

Je retournai à la bâtisse, pensif. Cette situation ne me plaisait absolument pas. Bien sûr, il y avait la guerre, mais notre groupe était, actuellement, complètement dépendant de la Meute. Par moments, je soupçonnais même Arnaud de nous manipuler. Si la guerre se terminait demain, nous étions tous sans un rond. Maggie avait perdu son emploi, tout comme moi. Et avant de me rejoindre, Sébastien était nourri et blanchi par les Compagnons. Le seul bon côté à toute cette merde, était le fait qu'un territoire ne serait pas trop compliqué à trouver une fois le conflit clos.

J'aurais dû en apprendre plus sur le nouveau, mais j'étais fatigué de cette journée.

Tous rentrèrent sauf Alf.

- Vous l'avez voulu ?! Maintenant vous le surveillez, dis-je, mauvais perdant.
- Il ne peut pas entrer, dit Maggie à peine audible.

Bien fait !

- Il n'a qu'à faire un trou…

Merde ! Mais c'est vrai que l'on peut contourner nos défenses de cette manière !

Je ressortis. Alf se frottait encore le nez. Je l'imaginai se cogner. J'en ris intérieurement. Je m'approchai de lui. Il recula, sur ses gardes.

- Il me faut un cheveu.

Je lui en arrachai une dizaine.

- Aie.

Chochotte.

- Maintenant il me faut des poils de ta forme de guerre, lui indiquai-je.

En fait, il me fallait juste des poils, sa forme loup aurait été suffisante. Mais tant qu'à faire, si je pouvais glaner quelques informations… Lui non plus ne devait pas rouler sur l'or, car il se déshabilla avant de muter. Sa transformation me perturba. Elle se déroula par une multitude de petits à-coups. Elle fut néanmoins rapide. Un crinos au pelage de loup gris plutôt clair me faisait maintenant face. Il était assez petit, deux mètres cinquante au mieux. Je lui tirai une touffe de poils.

- La première fois que l'on s'est rencontrés, tu m'as paru être quelqu'un plein de jugeote. Tu avais posé des questions très pertinentes à Éric Mercoeur. Et encore plus judicieux, tu n'avais pas rejoint les Compagnons. Si tes oreilles indiscrètes ont entendu notre petite conversation, je ne comprends pas pourquoi tu nous rejoins. On est loin d'être la meute idéale.
- Je pensai avoir une cachette parfaite. Pourtant, en pleine nuit, des enrôleurs des Frères de Sang me sont tombés dessus. J'avais le choix entre les rejoindre ou les rejoindre. N'ayant pas vraiment coopéré, je pense que j'ai été ajouté à la longue liste de leurs ennemis, expliqua Alf.

Bon maintien de sa forme de guerre. Il sait parfaitement communiquer en crinos. Ce n'est pas mal.

- Désolé si je ne suis pas convaincu. Tu n'as même pas recherché à te renseigner sur notre fonctionnement, ou sur nous.
- J'en ai assez entendu pour savoir comment vous fonctionnez. Et je sais qui tu es : tu as combattu contre les Mercoeur, le tout en survivant à une nuée de lépidomortis.
- Je n'étais pas seul.
- Ensuite, tu as échappé à l'attaque de l'ambassade.
- Tout un groupe a réussi à s'enfuir...
- Tu as défendu l'ensemble des métamorphes en participant à une commission d'étude.

Comment savait-il cela ? Il m'espionnait ou quoi ?

- Si j'avais pu choisir, je ne m'y serais jamais rendu. C'était une vaste blague.
- Peut-être, mais cela en dit long sur toi.

Si tu savais à quel point tu es loin de la vérité...

- Sébastien ?

Comme Maggie et Éther, il écoutait notre conversation, semblant de rien.

- Oui ?
- Je vais devoir m'occuper du rituel, repris-je. J'en ai pour un moment. Je ne pourrais pas t'entrainer aujourd'hui, mais je pense qu'Alf saura me remplacer.

- Ah ! Bon d'accord… me répondit-il résigné.

Il espérait passer au travers, j'y crois pas.

Alors que je changeais les tracés du rituel, les rendant plus complexes afin que le dôme soit actif même sous terre, je pus observer à loisir les techniques de combat d'Alpha. Mes craintes se renforcèrent : ni Maggie ni Sébastien ne pourraient lui tenir tête. Plusieurs fois, nos regards se croisèrent. Il savait que je le jaugeai, et il faisait de même. J'hésitai à l'ajouter aux personnes pouvant franchir la barrière. Éther vint alors à mes côtés.

- Sale bête, dis-je en lui caressant le flanc.

Il fit semblant de chercher une autre sale bête. Cela me fit sourire. Son poil était chaud et d'une douceur incomparable. Cela m'apaisa instantanément.

- Qu'en penses-tu ? lui demandai-je en regardant les cheveux et les poils d'Alf dans le creux de ma main.

Il me fit comprendre de les incorporer au sort.

Chapitre 5

Suite à la destruction de l'ambassade, le chaos semble régner parmi les infectés du VLS. En effet, cette nuit, à peine deux jours après l'explosion, des combats entre métamorphes ont éclaté un peu partout dans Paris. Les autorités ont compté plus d'une trentaine de morts dans nos rues ce matin. Plusieurs sources citent la Meute, un important groupe de métamorphes résidant dans la forêt de Boulogne, comme principal responsable. Il est recommandé de se barricader à la nuit tombée et d'avertir la police ou la Section de Traitement des Phénomènes Magiques si vous êtes témoin de déplacements suspects dans votre rue.

Article du journal « le petit Parisien » datant du samedi 28 juillet

Un rayon de soleil en plein visage me réveilla. J'avais eu un mal de chien à m'endormir. La chaleur était restée étouffante toute la nuit. De plus, dormir dans la même pièce qu'un inconnu n'avait pas aidé à m'assoupir. J'avais trouvé le sommeil tôt dans la matinée, lorsque Maggie et

Sébastien demandèrent à Alf de les accompagner pour leur tour de garde.

Éther sauta sur mon matelas posé à même le sol et m'assena trois coups de langue.

- Mhhh, râlai-je en me protégeant le visage.

Il choisit de s'attaquer à mon oreille droite.

- Oh toi !

Soudain très bien réveillé, je passai mes bras autour de son cou et le fis basculer sur le côté. Il ne résista même pas, satisfait de ma réaction. Allongé sur le flanc, son regard pétillant braqué sur moi, il me faisait penser à un enfant émerveillé. Il poussa mon bras de sa patte à plusieurs reprises.

- Qu'y a-t-il ? le questionnai-je.

Il recommença. Je reportai mon attention sur sa patte. Il appuyait sur ma montre à engrenages. Elle indiquait 9h51.

- Merde !

Je fis un petit baluchon avec une vieille chemise à manches longues et un short. Je fixai le tout autour de mon cou avant de me mettre à quatre pattes. Éther commença à sauter un peu partout, surexcité. Je me métamorphosai rapidement en loup avant de partir aussi vite que possible.

Laisser ma claymore m'ennuyait, mais elle était trop difficile à transporter sous forme animale.

Je galopai à travers la forêt m'enfonçant dans le territoire de la Meute. Éther abandonna rapidement la course et prit de l'altitude.

Quel tricheur celui-là.

Nous fîmes fuir rongeurs et oiseaux sur notre passage. Nous gardâmes un rythme soutenu durant cinq kilomètres. J'espérais encore arriver à l'heure. La forêt s'éclaircit. Je traversai une petite clairière. Dans les airs, Éther maintint le cap sans fioriture. Entrant à nouveau sous le couvert des arbres, je sentis le parfum ambiant se charger d'odeurs de métamorphes. La bande de feuillus de deux cents mètres franchie, je débouchai sur un immense campement provisoire. Plusieurs dizaines de tentes étaient plantées dans un grand terrain vague, en autant de grappes qu'il y avait de meutes différentes. Certains groupes se satisfaisaient de la belle étoile ou d'une toile tendue entre deux 4x4.

Mis à part quelques meutes éparpillées aux frontières du territoire de la Meute, le gros de l'Alliance était stationné là. Pas loin de trois cents métamorphes, soit la moitié des effectifs, essayaient tant bien que mal de coexister afin de faire front. Je ralentis un peu avant de traverser le camp sous l'œil suspicieux de quelques individus. Malgré les nombreux barbecues et la quantité de viande engloutie par autant de garous, le camp était étonnamment propre. À mesure que j'approchai du centre du cantonnement, les tentes se rapprochèrent, m'obligeant à slalomer.

Je vis Éther se pavaner près de la seule construction en pierre.

Ouais, ouais, tu as gagné. Donne-moi des ailes, tu feras moins le malin !

Je me glissai derrière une tente pour reprendre forme humaine à l'abri des regards. Dans le tumulte du camp, je reconnus la voix du jeune Ned :
- Ben alors, tu es tout seul ? l'entendis-je non loin. Hermorrhage est déjà entré ? continua-t-il parlant tout seul. Non ?! Où est-il ?

Pile au moment où mon anatomie finissait de reprendre sa place originelle, Éther, accompagné de Ned, apparurent tous sourires.

- Bonjour Hermorrhage.
- Salut Ned.

Va falloir investir dans des vestiaires ! Ce n'est plus possible.

- Comment vas-tu ?

Je ne lui répondis pas, luttant contre le nœud de mon baluchon. Trop serré contre ma gorge, je n'y voyais rien. Au moment où j'allais le déchirer et faire l'impasse sur ma chemise :

- Tu veux un coup de main ? me demanda Ned.

Je posai mes yeux sur lui. Il fit mine de ne pas regarder dans ma direction. Il savait que j'étais encore pudique, chose anormale pour un métamorphe. Malgré cela, il était l'un des seuls à ne pas me le faire remarquer. Je détaillai le blondinet d'une douzaine d'années. Il était habillé d'un caleçon et d'un t-shirt d'adulte, trop grand pour lui. Il devait l'avoir pris d'une des réserves de la Meute.

- Je veux bien, abdiquai-je.

Je me baissai un peu pour être à sa hauteur. Il s'approcha et commença à desserrer le noeud. Gêné, je ne savais plus où regarder. Éther, quant à lui se roulait par terre, hilare. Je fis les gros yeux, il s'en ficha. *Tu ne perds rien pour attendre !*

Les quelques secondes me parurent des minutes.

- Et voilà !
- Merci, dis-je en enfilant mon short.
- Tu es en retard, me fit-il remarquer.
- Ouep. Je file. Peut-être à tout à l'heure.
- Bon courage.

Comme tu dis !

Je m'éloignai en lui faisant signe de la main. Éther eut le droit à une caresse, puis il me rejoignit alors que j'enfilais ma chemise pleine de poils.

Les gardes nous laissèrent entrer dans le bâtiment anormalement silencieux. Le porche à peine franchi, le bruit des discussions m'assourdit. Le bâtiment était protégé magiquement afin de ne laisser filtrer aucun son. À l'intérieur, une cinquantaine de métamorphes, alphas, lieutenants, ou représentants, bavardaient. La réunion n'avait pas commencé. Éther me colla pour garder un contact physique. Même si cela allait mieux qu'au début, il était encore bien froussard.

La pièce unique était meublée d'une grande table, placée au centre. C'est tout. Je me mis à chercher Christophe, il ne fallait pas qu'il s'échappe avant que je ne lui aie posé quelques questions. Bizarrement, il n'était pas avec son alpha, Arnaud. Ce dernier clama alors :

- Nous allons commencer !

Les discussions cessèrent immédiatement et l'attention de tous se reporta sur lui. Arnaud était devenu le leader de l'Alliance. Est-ce parce qu'il avait ouvert son territoire aux autres ? Ou le fait que la Meute représentait à elle seule plus de la moitié de la coalition ? sûrement un peu des deux. De toute façon, il était le seul à avoir assez d'expérience afin de diriger un aussi grand nombre de métamorphes.

- Comme d'habitude, nous allons débuter par les nouveaux entrants. La meute de Mathias, ici présent, a rejoint nos forces. Nous l'en remercions, continua-t-il.

Je découvris avec surprise le Mathias que j'avais connu chez les Compagnons. Un loup dominant qui ne m'appréciait guère, et réciproquement. Certains lui souhaitèrent la bienvenue. *Je ne le sens pas du tout.* Je reportai mon regard désapprobateur vers Arnaud. *Ce n'est pas une bonne idée. Recruter ok, mais pas n'importe qui !*

- Hermorrhage, as-tu réussi à rencontrer les Félis ?
- Oui.

Certains furent surpris de ma réponse.

- Qu'ont-ils dit ?

Qu'il fallait se prosterner à leurs pieds.

- Ils sont encore indécis, mentis-je.

Bizarrement, Arnaud ne demanda pas plus de précisions.

- N'oubliez pas de rapidement vous mettre à jour, rappela-t-il, sous-entendu : que tout le monde vienne mémoriser les odeurs des nouveaux. Eilca, à toi la parole.

Ce rôle revenait habituellement à Christophe, elle le remplaçait uniquement en cas d'absence. *Fais chier.*

La seconde lieutenante de la Meute prit la parole :
- D'après nos informations, les Frères de Sang n'essaient plus de rallier les meutes neutres. Ils les exterminent. De plus, ils continuent leur désinformation. Maintenant, ils mettent en scène leurs méfaits afin de nous faire porter le chapeau. Ce matin encore, l'un de nos espions a découvert plusieurs corps appartenant aux Gardians, une petite meute mixte du 17e arrondissement. Plusieurs indices ont délibérément été laissés sur le lieu de l'attaque, tous

menant à nous. Nous avons également observé qu'ils hésitent de moins en moins à nous poursuivre dans Paris. Ils renforcent leur position partout. Nous estimons qu'ils ont une présence significative sur les trois quarts Est de Paris. Le 10ème, le 18^{e}et le 19^{e}arrondissements devraient tomber sous leur contrôle total d'ici quelques jours. C'est pourquoi, nous vous ... recommandons ...

Allons Eilca, ce n'est pas si difficile comme mot.

- ... de ne plus circuler dans Paris à moins d'y être affecté pour une mission.

Comme on pouvait s'y attendre, plusieurs alphas réagirent vivement. Arnaud intervint.

- Ce n'est qu'une préconisation. Vous êtes libres de faire ce qu'il vous plait. Mais si possible, évitons de prendre des risques inconsidérés, dit-il en finissant sa phrase les yeux braqués sur moi.

Moi prendre des risques ?! Si peu... et jamais inconsidérés ! Enfin, presque jamais...

Eilca Trulgo informa ensuite chaque meute de son rôle pour les trois jours à venir : surveillance, protection, construction, etc... Pour la première fois, mon groupe était affecté vingt-quatre heures sur vingt-quatre à de la surveillance, loin à l'Ouest dans les forêts appartenant à la Meute.

Non mais n'importe quoi, on est quatre, et encore en comptant Éther... Comment veulent-ils que l'on y arrive ? Merde ! J'ai complètement oublié de présenter Alf...

Sans un vêtement lui appartenant ou sa présence, cela ne servait à rien.

Et puis, ils m'emmerdent ! Qu'est-ce que l'on est, au final ? Leurs larbins ?

En quelques jours, j'avais perdu mon indépendance par trois fois. La première fois avec Éther, mais lui, il pouvait se montrer réconfortant. Une seconde fois avec la création de ma meute. Une troisième fois en rejoignant l'Alliance. Mais avais-je vraiment eu le choix ? Les Frères de Sang voulaient me voir mort, il était donc logique de trouver des alliés. Au final, cela faisait juste trop de contraintes d'un coup. Et puis, ces ordres étaient vraiment irréalisables.

La réunion finie, seules sept personnes restèrent : Arnaud, Eilca, quatre alphas et moi. Nous étions un peu l'état-major de l'Alliance. Éther décida d'entamer une visite prudente de chaque recoin de la pièce, me laissant un peu d'espace.

- Comment cela s'est passé avec les Félis ? me questionna Arnaud.

Cette fois il n'aurait pas la version édulcorée :
- Daniel préfère garder son peuple à l'écart de cette guerre. Mais ! Il est prêt à défendre les meutes dont les alphas lui prêteront allégeance.

- Comment ose-t-il ? s'énerva Camille l'alpha des loups noirs.

Je vis les yeux des autres alphas briller, contenant une pointe de colère.

- Nous nous y attendions, apaisa Arnaud. C'est un imbécile…
- C'est une provocation ! s'indigna Camille.
- Ne perdons pas de temps, recentra Arnaud. Eilca, comment avance l'enlèvement ?
- La cible est définie. Nous avons étudié ses habitudes. Le plan est en place et l'équipe déterminée. Nous procéderons lors de la prochaine vague technologique.
- Vous êtes sûr que c'est une bonne idée ? m'inquiétai-je. Si nous faisons une seule erreur dans cette opération, nous allons nous retrouver avec la STPM sur le dos.
- Nous avons déjà tourné le problème dans tous les sens ! s'exaspéra Arnaud. Au mieux, quelqu'un a retardé leur intervention le jour de l'attaque de l'ambassade, au pire ils ont carrément fourni leurs véhicules aux Frères de Sang. Il nous faut des réponses ! As-tu parlé à ton frère ?
- Pas encore.
- Tu as le temps de la vague magique pour en apprendre assez, sinon nous appliquerons le plan.

J'acquiesçai.

Une grande bataille se profilait. Presque toutes les meutes de Paris avaient choisi, ou été contraintes de choisir, un camp. Le reste avait fui la capitale. Les Frères de Sang avançaient leurs pions, toujours plus près de nous.

L'Alliance complétait ses informations et fortifiait ses positions aussi vite que possible. La question sur l'implication de la STPM lors de l'attaque contre l'ambassade des métamorphes était primordiale. Avaient-ils réellement choisi un camp, celui de nos ennemis ? Ou les Frères de Sang essayaient-ils de nous manipuler ?

- Les informations qui suivent sont confidentielles, continua Arnaud.

Plus que d'habitude ?

- Nous allons recevoir une délégation de druides. Ils vont mettre en place un système de surveillance magique, en parallèle des tours de garde actuels. Hermorrhage, ta meute aura la charge de les héberger et de veiller sur eux.

Pardon ?! Comme par hasard c'est pour nous ! Je pourrais avoir mon mot à dire pour changer ?

- J'ai préféré les placer loin du camp de base afin qu'un minimum de personnes soient informées. À ce sujet, est-ce que la liste des espions potentiels dans nos rangs a connu des modifications ? finit l'alpha.
- Non, répondit Eilca.
- Vous pouvez y ajouter Mathias, les coupai-je. Il comptait parmi les lieutenants des Compagnons. Je ne sais pas s'il était au courant des agissements de son alpha, ou du but caché des Compagnons. Mais il pourrait très bien être à la solde des Frères de Sang.

- Tu étais aussi un lieutenant des Compagnons… Ce n'est pas suffisant pour l'inculper de cette manière, s'enflamma Eilca.

- Je n'ai pas de preuve. Peut-être est-il vraiment là pour nous aider. Cela n'empêche qu'il formait des guerriers pour les Compagnons, et qu'aujourd'hui sa meute est composée de ses meilleurs élèves.

Eilca allait contester mais Arnaud ne lui en laissa pas le temps :

- Organise une surveillance renforcée. S'il la découvre : le baratin habituel, lui ordonna-t-il.

- Cela sera fait.

- Au fait, comment faisons-nous pour nous occuper des druides et de la mission de surveillance en même temps ?

- La mission était une couverture, me répondit Eilca avec un léger dédain.

Qu'est-ce que je lui ai fait, à celle-là ? Vivement que Christophe revienne.

- Nous sommes sur la dernière ligne droite. Que tout le monde reste sur ses gardes et paré au combat. Si une brèche s'offre à nous, nous devons être prêt à la saisir. Avez-vous des questions ou un sujet à aborder ? conclut Arnaud.

- Quand aborderons-nous la guerre médiatique ? hasardai-je.

Vous savez, le truc que l'on perd ?

- Ton idée de protéger la population des squelettes n'est pas mauvaise, même si elle est dangereuse. Cela ferait sûrement parler des métamorphes en bien. Mais actuellement, l'Alliance ne peut pas se permettre d'éparpiller ses troupes. Et cela offrirait autant d'opportunités aux Frères de Sang pour nous porter préjudice.

Les autres alphas étaient de son avis. Comment ne pas l'être ?

- Rien d'autre ? Alors prochaine réunion dans deux jours.

Je m'approchai d'Arnaud alors que les autres se dirigeaient vers la sortie. J'attendis de n'être plus que tous les deux, sans compter Éther :
- Où est Christophe ? demandai-je, alors qu'Eilca entrait à nouveau.

Tu ne peux pas laisser ton alpha tranquille deux secondes ?!

- Ce ne sont pas tes affaires, nous coupa-t-elle.

Elle m'agaçait prodigieusement. Heureusement, Arnaud lui fit signe de se taire, avec un signe "stop" de la main. Dommage, ma réplique était piquante…

- Christophe a disparu.
- Disparu ?

- Pour être exact, il est en mission de reconnaissance en territoire ennemi. Mais ni lui, ni son binôme ne sont encore revenus.

Eilca fit un petit gémissement de contrariété. Que son alpha partage ce type d'information avec un étranger ne lui plaisait apparemment pas du tout.

- Quand auraient-ils dû revenir ?
- Hier.
- Vous ne savez pas ce qui leur est arrivé ?
- Non, admit-il. On espère que leur mission est simplement un peu plus longue que prévu. Mais il est aussi possible qu'ils se soient fait prendre...

Quelle idée d'envoyer son bras droit en mission de reconnaissance ! Et moi qui pensais qu'Arnaud était l'alpha de la situation...

- Qu'avez-vous prévu de faire ?
- Rien pour le moment.

J'espérais de tout mon cœur que mon ami soit seulement en retard.

Je changeai de sujet pour ne pas me torturer l'esprit :
- Hier, j'ai eu la visite d'un loup sans meute. Il paraît que vous l'avez aiguillé vers nous.
- Tout à fait.
- Il m'a dit que vous l'aviez refusé.
- C'est exact.

Tu vas cracher le morceau !

- Qu'est-ce que vous manigancez ?
- Accepte-le dans ta meute, cela sera un atout pour toi.

Arnaud qui laisse "un atout", où est le piège ?

- Cela ne répond pas à ma question, insistai-je.

Eilca grogna. Son alpha hésita un moment alors que j'observais sa lieutenante prête à me sauter au cou.

Essaies pour voir.

- Tu es unique et tu es un allié précieux de la Meute, finit par lâcher Arnaud. Alf pourra t'apprendre les rouages d'une meute et comment un alpha doit se comporter.
- Notre meute se gère très bien.

Enfin presque.

- Peut-être, mais ce n'est pas le cas de tes interactions avec les autres alphas.

Qu'est-ce qu'elles ont mes interactions ?

- Tu n'exprimes pas assez ton leadership. Beaucoup d'alphas te disent faible. Cela ne pose pas encore de problème car ta meute est petite…, continua-t-il.
- Ce n'est pas MA meute. On se gère comme on veut, et j'intéragis comme j'en ai envie ! le coupai-je énervé.

Eilca s'interposa instinctivement entre son alpha et moi. Éther sentit la tension et fila derrière moi.

Éther, tu es officiellement mon garde rapproché... pas une lavette rapprochée...

La lieutenante aux cheveux roux était presque aussi grande que son alpha. Arnaud posa sa main sur l'épaule d'Eilca, rassurant :
- Je t'ai déjà dit que c'était un allié sûr.

Elle fit mine de se détendre. Mais à la lecture de son visage, et à son langage corporel, il était clair qu'elle n'était pas d'accord.

Chapitre 6

Peut-être traversez-vous chaque jour le territoire d'une meute sans même le savoir. Arrêtez de vous mettre en danger !

Les métamorphes, comme leurs cousins animaux, sont très territoriaux. Cette donnée est extrêmement importante, car ces derniers protègent férocement leur bout de terrain contre les étrangers, qu'ils soient de leur espèce ou humains. Ils utilisent le plus souvent des moyens olfactifs pour délimiter et avertir tout un chacun. Lorsque vous entrez sur le territoire d'un métamorphe, ou d'une meute, il convient de s'annoncer, et idéalement, de recevoir leur accord pour passer. Si les métamorphes peuvent facilement communiquer par urine interposée, ou par hurlements, ce n'est pas le cas des humains. Nous sommes donc exclus de leurs moyens de communication. Dans ce livre, vous trouverez les astuces pour comprendre, interpréter, et interagir avec les métamorphes.

Extrait d' « Interagir avec des métamorphes ».

J'étais sur le chemin du retour, marchant machinalement, plongé dans mes pensées. Au final, cette réunion avait été une succession d'ordres et de mauvaises nouvelles. Aux yeux de tous, notre groupe devait paraitre lié à la Meute, si ce n'est soumis... De plus, j'étais encore officiellement un alpha. *Pourquoi ne leur ai-je pas annoncé direct ?!* Sans parler d'Alf que j'avais omis de présenter.

- Tu aurais dû me réveiller plus tôt, râlai-je à l'attention d'Éther.

Celui-ci fronça les sourcils, mécontent.

- À défaut de me défendre, tu pourrais au moins être un réveil fiable !

Vexé, il déclencha alors un petit vent tourbillonnant autour de moi. Cela me rafraichit.

- Ventilateur, ce n'est pas mal non plus...

Fâché, il m'ignora et s'éloigna.

Mais il devient pire qu'un métamorphe celui-là ! Attends un peu... L'air de rien, je me mis à marcher rapidement afin de le rattraper. Puis à quelques mètres, je courus sur lui. Avant qu'il ne comprenne, je le plaquai au sol.

- Alors comme ça, on fait la forte tête ?!

Il essaya de s'extraire alors que je commençai à papouiller ses oreilles. Rapidement, ses envies de s'extirper s'évaporèrent. La douceur de ses poils entre mes doigts était mieux qu'une caresse, plus doux que la soie, aussi légers que le vent. Éther se mit à ronronner. Je finis par m'allonger, la tête contre son flanc.

- Désolé pour hier, mais c'était trop dangereux, dis-je navré.

Il se leva soudain. *Hé ! Mon oreiller !* Il se plaça face à moi, les poils ébouriffés, les pattes légèrement écartées vers l'extérieur pour consolider ses appuis. Voulait-il paraître impressionnant ?

- J'aurais pu rencontrer des dém... des créatures plus dangereuses que des métamorphes, le raisonnai-je. Je ne suis pas sûr que tu sois prêt.

En fait, j'étais sûr qu'il n'était pas résolu à combattre, mais au fond de moi, j'avais une autre inquiétude. Peut-être les aurait-il rejoint... Éther était lui aussi un démon, une créature venant du même monde que les démons pour être exact. Comment réagirait-il à leur rencontre ? Peut-être m'abandonnerait-il aussi promptement qu'il avait été déposé devant chez moi. Je devais faire une tête de déprimé, car Éther vint à ma rencontre pour appuyer sa tête contre la mienne.

- Tu sais qu'il devrait être interdit d'être aussi soyeux ?

J'évacuai mes pensées avant de me relever. Éther en profita pour me provoquer sympathiquement. Ainsi nous jouâmes à chat version Éther : je cours, je le rattrape, il s'envole... il se pose, je cours, je le rattrape, il s'envole...

Cela eut le mérite de me faire décompresser quelques minutes.

De retour à l'extérieur de notre bâtisse, je saluai mes trois compagnons.

- Nous avons de nouvelles directives. Alf, tu es contraint de rester avec l'un d'entre nous. J'ai oublié de prendre un de tes vêtements pour que les autres meutes puissent te reconnaitre. Donc impossible pour toi de te promener seul.

Dans un sens, cela m'arrangeait. Ainsi, nous avions une excuse pour le surveiller.

- Ok, accepta-t-il sans résistance.
- Parfait, dis-je, cachant mon étonnement.
- Concernant notre affectation des jours à venir : nous allons recevoir des druides. Nous devrons veiller sur eux, tout en cachant leur présence.
- Que viennent-ils faire ici ? questionna Alf.
- Tu le sauras bien assez tôt, esquivai-je.
- Pour que cela soit clair : ils seront là de leur gré ou contre leur gré ?

Cet Alf pourrait bien me plaire...

- De leur gré.

Je crois.

- Afin de les cacher, quelles mesures pouvons-nous mettre en œuvre ?

- Commencez par la discussion et la diplomatie. Sinon, il faudra aviser.
- Quand doivent-ils arriver ?
- Je n'en sais rien.

J'avais été négligent lors de la réunion. Il y avait trop de flou derrière ces druides et je n'avais demandé aucun éclaircissement.

Alf, Sébastien et Éther tournèrent la tête.

- Quelqu'un arrive, m'informa Sébastien.

Au moins, les druides ne s'étaient pas fait attendre. Nous sortîmes. Une fois à l'extérieur, des bruits de feuilles écrasées me parvinrent. Ils étaient plusieurs, au moins quatre.

Sébastien hésita, avant de chuchoter :
- Ils sont cinq devant et un autre individu semble emprunter un chemin plus à droite.
- Et un de plus sur la gauche, ajouta Alf à voix basse.

Sébastien tourna la tête dans ma direction, l'air grave. Il confirma d'un petit hochement de tête les dires d'Alf et compléta :
- Ceux qui nous contournent sont plus silencieux et ils se déplacent à quatre pattes.

Je n'aimais pas ça. Les druides manipulaient une magie en relation directe avec la nature. La forme de leur art était aussi diversifiée que la faune et la flore, allant du cataplasme de soin au sort de transformation animale. Certains étaient des dresseurs d'animaux hors pair, d'autres des sages prônant un retour à la nature. Leur approche n'était pas celle d'un allié franc, mais plutôt celle d'un allié craintif, voire hostile.

- Éther ! l'interpelai-je.

Je lui indiquai le ciel de la tête. Il décolla.

- Sébastien, va te changer.

Il partit muter dans la maison. Faire apparaitre un ours-garou au bon moment pouvait être dissuasif. Ils étaient sept, nous étions cinq. Si besoin, nous pourrions nous réfugier sous le bouclier le temps de muter ou pour nous abriter des sorts. Mais il ne tiendrait pas longtemps.

Tout va bien se passer, me rassurai-je, en récupérant ma claymore. *Ils prennent leurs précautions, nous sommes des métamorphes après tout…*

Quelle ne fut pas ma surprise lorsque je vis Mathias apparaître entre les arbres, accompagné de deux femmes et deux loups en forme de guerre. Cela fit grincer des dents mon côté loup. Voir mon territoire traversé sans vergogne, par d'autres métamorphes, en plus, m'irrita.

- Ils n'auraient pas dû, m'informa faiblement Maggie, inquiète.

Je sais. Une provocation de plus à gérer, comme si je n'avais que ça à faire.

La meute rivale continua d'approcher, sans ralentir, sans même s'inquiéter de notre accord. Je pris une grande inspiration pour me calmer. Par effet d'optique, Mathias au centre des quatre autres individus semblait presque petit. De chaque côté de lui, mais en léger recul, deux magnifiques femmes l'accompagnaient. Aussi grandes que lui, elles étaient vêtues à l'identique, d'une jupe courte et d'un petit top laissant apparaitre leurs formes sveltes. Aux extérieurs, et encore plus en retrait, les deux crinos encadraient le groupe. La symétrie était presque parfaite.

Les voir avancer m'insupporta soudain. Je partis à leur rencontre. Alf m'emboita immédiatement le pas, suivi de Maggie. Les effluves d'un ours inconnu furent portés à nous par le vent. Il devait être à cent mètres environ sur notre gauche et dans notre dos. Je vis Alf jeter un œil furtif. Nous fîmes moins de trente mètres pour aller à leur rencontre. Face à face à six mètres de distance, Mathias semblait apprécier sa visite.

- Voici où tu te terres ?! C'est à ta hauteur : minable, commenta l'alpha antagoniste.

Je lui mets le coup de Claymore maintenant ou après ?

- Tu es sur mon territoire, je vais te demander de t'en aller.
- Oh ! C'est TON territoire, je ne savais pas, feignit-il.

Double pique ! Effectivement, ce n'était pas mon territoire, mais celui de la Meute. Cependant, il était clair qu'on l'occupait, Sébastien et Maggie s'évertuant à le marquer dès que j'avais le dos tourné. Il bafouait les bonnes manières métamorphes... pour une fois que l'on en avait...

- Tu as raison, c'est NOTRE territoire, dis-je en englobant mes compagnons. Maintenant, soit tu pars, soit je t'émascule comme j'aurais dû le faire lors de notre dernier duel.

Il grogna et fit plusieurs gestes inutiles : des signes pour les siens cachés. Alf retroussa les lèvres.

- Écoute-moi bien, si je vois un seul autre membre de ta meute faire un pas de plus sur notre territoire, je te tue comme j'ai tué Éric et Louhan Mercoeur. Et vu la distance de tes deux renforts j'en aurai fini avec toi bien avant qu'ils n'arrivent.

Il connaissait les Mercoeur, il avait été l'un de leurs lieutenants. C'étaient des loups-garous immenses, rompus au combat. J'espérai que cela suffise à le dissuader, sinon il mourrait et bon débarras. Il fit un nouveau signe, son regard haineux sur moi.

Le temps s'écoula.

- Je n'ai pas la journée, dégage, dis-je en dégainant Pimprenelle.

Il eut un léger mouvement de recul qui n'échappa ni à ses compagnons, ni aux miens. Pour se rattraper, il fit mine de continuer son mouvement pour partir :

- On se reverra.

- Je te conseille de m'éviter, je n'ai plus de patience…

Ils s'éclipsèrent aussi vite qu'ils étaient venus.

- C'est bon, ils sont partis, m'informa Maggie.

Merci, je suis au courant.

Je me défigeai, me tournant vers elle. Elle baissa son regard à la vitesse de la lumière. Plus étrange, Alf fit de même. Je compris alors que mes yeux devaient crépiter d'une lueur mauvaise…

Chapitre 7

Note de service interne, ne pas divulguer.

Face au danger que représentent les métamorphes, notre entreprise continue à œuvrer pour la sécurité de ses salariés, ainsi que celle de la population. Les investissements, pour renouveler nos munitions et nos armes, continuent. Ainsi, avant la fin de l'année, l'ensemble de notre arsenal en acier sera remplacé par un armement composé de notre nouveau métal breveté, incorporant de l'argent.

D'ici quelques semaines, le gouvernement votera de nouvelles lois concernant les métamorphes. Ceci impactera directement notre travail, notamment pour la mise en place "du suivi de chaque individu". Nous aurons alors la charge d'aider les forces de l'ordre, afin de procéder à des contrôles d'identité, et pucer la population métamorphe. À l'heure où j'écris ces mots, nous recevons du matériel spécifiquement prévu à cet effet. Je vous invite à le découvrir et à vous exercer à son maniement.

Directeur Adjoint de la STPM,
François JULES

Dans les rues de Paris, la chaleur était insupportable. Pourtant, Éther gambadait tranquillement, comme si de rien n'était. Sur notre trajet jusqu'au parc Monceau, lieu de mon rendez-vous, j'avais constaté de nouveaux tags anti-métamorphes représentant une tête de loup barrée. Ces marques prenaient de plus en plus d'ampleur. Une haine envers nous gonflait. Certaines maisons de garous avaient même été marquées. D'ici peu, on aurait le droit à une scène de lapidation...

Nous entrâmes dans le parc. L'ombre des arbres était déjà envahie de parisiens profitant de leur dimanche. Cet espace était bien entretenu et les arbres fréquemment taillés. Il me fallut du temps pour trouver mon frère, assis sous un petit hêtre. Je dus enjamber un petit grillage pour le rejoindre. *Bravo l'exemple.* Comme d'habitude, il était rasé de près, barbe et cheveux. Même assis, son gabarit était imposant et ne donnait aucune envie de lui chercher des noises. Je lui découvris quelques nouvelles rides aux coins des yeux, formées par la fatigue et les tracas.

- Salut Frérot. Comment vas-tu ?
- Bonjour Thylian. Tout dépendra de ce que tu vas me demander... Et toi ?
- Je fais aller. Qu'est-ce que tu racontes de beau ? dis-je en ramassant un bâton.
- Je me fais un peu de souci pour Maëlys, je n'ai toujours pas de nouvelles.

Tu la couves trop, laisse lui de l'air. Et elle sait très bien se débrouiller !

103

- Elle est peut-être partie en vacances ? dis-je en commençant à tracer un cercle dans l'herbe.

- C'est bien ce qui m'inquiète... Qu'est-ce que tu fais ?

- J'ai besoin d'un peu de calme.

Il fronça les sourcils et rongea son frein pour ne pas me submerger de questions. Je finis le cercle de manière à pouvoir être assis tous les deux à l'intérieur. Dernièrement, j'avais révisé mes bases concernant les sorts rituel, histoire de savoir ériger différentes barrières. J'ajoutai quelques signes, puis vérifiai mon travail. Enfin, j'interpelai Éther. Il sortit la tête d'un sac posé à côté de mon frère, un sandwich emballé d'aluminium dans la gueule.

- Lâche ça ! s'écria Fabrice.

D'un coup d'ailes, Éther fit un bond, le propulsant derrière moi.

- Éther ! râlai-je. Qu'est-ce que je t'ai dit ? On ne prend pas sans demander, c'est du vol. Va lui rendre.

Il fit un grand détour pour rester à bonne distance de mon frère. Puis, il avança rapidement, lâcha son larcin sur le sac, et recula tout aussi vite. Il revint ensuite vers moi en faisant le même manège.

- C'est bien. Tu peux me l'activer ? lui demandai-je. Juste un peu.

Il posa sa patte sur la trace dans l'herbe et insuffla de sa magie. J'entrai dans une bulle invisible, sans odeur, sans résistance, seul le tracé réalisé sur le sol indiquait sa présence :

- Tu peux parler ?
- Pourquoi as-tu… commença Fabrice.

Je sortis ma tête du sort. Je vis ses lèvres bouger mais aucun son. Le sort fonctionnait. Je m'assis enfin à ses côtés.

- Alors ? me lança t-il.
- Désolé, je ne t'ai pas entendu.
- On a besoin de tout ça ? s'énerva-t-il.
- On ne sait jamais…

Cela ne lui plut pas. Il saisit le sandwich reposé par Éther et me l'envoya :

- C'est pour toi.

Je le réceptionnai. Il en prit un autre et commença à le déballer, toute envie de parler avait soudain disparu. Je choisis de temporiser. J'envoyai Éther faire le guet, puis me mis à manger silencieusement. Son casse-croûte était divin. Il n'avait pas perdu la main. Le pain était fait maison, l'huile d'olive parfumait quelques condiments, et le jambon fumé était à tomber. Je me demandai même s'il ne s'était pas encore amélioré. Ce qui me paraissait pourtant impossible.

- Tu es devenu meilleur que maman, le félicitai-je.

Il me regarda, surpris.

- Je ne déconne pas, c'est vraiment trop bon !
- Comment peux-tu t'en rappeler…
- Je me souviens très bien de ses sandwichs quand nous allions au zoo. Nous avions l'habitude de manger sur la table devant l'enclos des loups.
- Moi, je me souviens de quelqu'un qui mettait mille ans pour manger ! exagéra-t-il. Et dès que maman amenait notre sœur aux toilettes, tu en profitais pour lancer ton jambon aux loups.

Moi qui pensais toujours faire ça discrètement…

- Ils étaient tout maigres, me défendis-je.
- Moins que toi !

Je fis l'air faussement vexé. Dommage que Maëlys n'était pas là, elle aurait sûrement été de mon côté.

- Bon allez, qu'est ce qui se passe ? s'enquit-il.

J'hésitai. Peut-être allait-il clore notre discussion si mes questions étaient trop directes. Il n'aimait pas me parler de son travail à la STPM. Pire, peut-être qu'il était de mèche… Que ferais-je si c'était le cas ? Pour en finir, je décidai de mettre les pieds dans le plat comme à mon habitude.

- Es-tu intervenu sur l'attaque de l'ambassade ?
- Oui.
- J'ai une amie métamorphe qui y était. Elle m'a dit que les secours ont mis beaucoup de temps à arriver, mentis-je.
- Une amie qui s'en est sortie ? me retourna t-il sceptique.

- Ben oui, sinon elle n'aurait pas pu me raconter…
- On a retrouvé aucun survivant sur place… m'indiqua-t-il dubitatif.
- Elle a réussi à fuir avant que les attaquants aient fini de massacrer tout le monde.
- Mouais…

Bon, plus direct alors.

- Pourquoi la STPM a été aussi longue à intervenir ?
- On a dû s'armer lourdement.

La Section de Traitement des Phénomènes Magiques était tout le temps sur-armée, mais aussi entrainée à agir rapidement.

- Tu veux dire que vous avez pris plus gros que le lance missile ?

Il fit une grimace :
- Non, on s'est équipé de balles en argent.
- Des balles d'argent en pleine vague tech ? Cela n'aurait eu aucun effet, raisonnai-je.
- Au cas où la magie reviendrait.
- Admettons. Mais c'était l'ambassade des métamorphes qui était attaquée ! Impossible de savoir qui étaient leur agresseurs.

À moins que vous l'ayez su…

- C'était les ordres, se défendit-il.

Je sentis une pointe de culpabilité. Je changeai d'approche.

- Cette intervention a-t-elle été plus longue que d'habitude ?
- Je pense que oui.
- Quelles en sont la, ou les, causes d'après toi ?
- Notre chef a fait un discours…
- Un discours ? répétai-je, choqué.
- Il nous a félicité pour notre travail, les risques pris. Il nous a galvanisé.
- Ça a duré combien de temps ?
- Cinq, peut-être dix minutes.

Mon visage devait être décomposé d'incrédulité, car Fabrice ajouta :
- Je ne sais pas pourquoi il a fait ça. Sur le moment, je trouvais ça bien : un peu de reconnaissance. Mais quand on est arrivé sur place et que l'on a découvert les corps encore chauds criblés de balles…

Sa voix mourut. Soit il jouait très bien la comédie, soit il regrettait sincèrement de n'avoir rien pu faire.

- Qui a tenu ce joli discours ?
- Le Commandant JULES.
- Le directeur adjoint ?
- Oui.

Intérieurement, je cachai un sourire carnassier. Bientôt, et avec un peu de chance, j'aurais une discussion peu aimable avec ce monsieur… une fois que la Meute l'aurait kidnappé.

- Et que donne l'enquête ? tentai-je.
- Je me contrefiche de l'enquête !

Aie, l'huitre est en train de se refermer.

- Je me fais du soucis pour toi ! s'exclama-t-il.
- T'inquiète, je gère, lui assurai-je.
- Tu ne comprends pas ! Une loi de puçage des métamorphes va être votée ! On nous équipe déjà !

Qu'est-ce que ça vient faire dans notre discussion ?

Je vis dans les yeux de mon frère une profonde inquiétude à mon sujet. C'est à ce moment que je compris : il savait.

Chapitre 8

Le béhémot serait-il de retour ?
Plusieurs voix indépendantes voient dans l'augmentation
des remontées de squelettes du Sous-Paris, la réapparition
prochaine de ce fléau. D'ailleurs, le quatorzième
arrondissement est, depuis peu, entièrement interdit de
tout passage. Cependant, malgré le mur de confinement
des catacombes, et l'obstruction des anciennes entrées de
métro, les pouvoirs publics ne sont pas en mesure
d'arrêter les hordes de squelettes. Durant les vagues
magiques, chaque jour voit sa quantité de squelettes
déferler sur la ville. L'efficacité de la STPM et de la police
a même été remise en cause par la royauté. De plus, cette
dernière n'hésite plus à envoyer ses propres troupes
défendre la population, avec il est vrai, une rapidité et une
efficacité remarquable.

Extrait d'un canard.

- Crache le morceau ! me dit Fabrice, presque suppliant.
- Pour te dire quoi ? Que tu avais raison ? Que ce stage à
l'ambassade des métamorphes était une erreur ?
m'emportai-je.

Furieux, je me levai et le quittai. Il était hors de question qu'il me fasse la morale. Pourquoi lui devrais-je des explications ?!

- Thy… ! m'interpalla Fabrice, coupé par le bouclier alors que j'en sortais.
- Thylian ! Thylian ! reprit-il à mes basques.

Éther se posa à côté de moi.

- Hermorrhage ! changea mon frère.

Il connaissait mon nom métamorphe ! Comment ? M'espionnait-il ?

- Attends ! cria-t-il.

Je me mis à courir. Je fuis le parc Monceau aussi vite que mes jambes humaines le purent. Il me fallait échapper à l'explication de trois ans de mensonge, ainsi qu'au regard désapprobateur de mon frère. Le pire, c'était qu'il savait ! Depuis quand me laissait-il m'enfoncer, feignant l'ignorance ?

Ma dérobade dura quelques kilomètres pendant lesquels je me perdis dans Paris. Je dus éviter deux patrouilles de la STPM. Ne portant que peu d'attention à mon environnement, un chariot faillit me renverser et je n'aperçus même pas l'immense dragon perché sur le toit d'un immeuble. Éther essaya de me faire ralentir à plusieurs reprises en se plantant devant moi, en vain. Il était inquiet mais je m'en fichais.

Après être passé à côté d'une dizaine d'entrées de métro condamnées, je vis le mur obstruant l'une d'elles assez abîmé pour m'y faufiler. Je plongeai dans le noir. Mes yeux s'habituèrent à l'obscurité alors que je m'enfonçai. Mes tracasseries sortirent de mon esprit, un seul objectif en tête.

Une odeur de fumée froide imprégnait le tunnel. Un peu plus loin, je découvris un camp de fortune ensanglanté. Brusquement, ma vision s'améliora nettement. Mes mains n'étaient plus humaines. Elles étaient couvertes d'une fourrure rousse et blanche. Au bout de chacun de mes doigts, je sentis des griffes amovibles de plusieurs centimètres. J'avais muté en crinos sans même m'en apercevoir … Cela aurait dû m'inquiéter, pourtant je n'en tins pas compte.

Je détaillai le bivouac. Un sac, d'un ancien supermarché ayant fait faillite, était renversé. Quelques provisions étaient étalées à terre à côté d'un lit de fortune. À en croire mon nez, le couchage était imbibé de sang humain. Cela me fit saliver. Quelqu'un était mort ici, il y avait moins de quarante-huit heures. Pourtant le corps avait disparu. Éther inspecta minutieusement le lieu, aux aguets. Conscient des limites de mes yeux de félin, je m'emparai d'une lampe à huile. Grâce aux affaires abandonnées, je pus la recharger et l'allumer. Je repris ma route vers une destination non définie. Mon compagnon s'alarma et me transmit son inquiétude.

- Je ne sortirai pas avant de m'être défoulé, l'avertis-je.

Il regarda loin devant nous, mal à l'aise. Mais il continua à me suivre, peu rassuré. Nous arrivâmes à une intersection où deux lignes de l'ancien métro se rejoignaient jadis. La lueur de la petite flamme ne m'aida pas à choisir mon chemin. Soudain, un bruit attira mon attention. Je pris le tunnel partant à droite. Je pressai le pas, à mesure que le son d'os se fit plus distinct. Éther jappa lorsque je me mis à courir. Six lueurs rouges apparurent, chacune enfermée dans la cage thoracique ou le crâne d'un squelette humain. Bizarrement, alors que mes proies auraient dû fuir, elles me chargèrent. Je lâchai la lampe à pétrole alors que je bondis sur mes adversaires. Tel un jeu de quilles, leurs os s'éparpillèrent. Je feulai ma déception. Mon cri se propagea en de multiples échos le long du tunnel. La lampe cassée, seuls six feux follets rougeâtres me permettaient encore d'y distinguer quelque chose. Éther s'agita lorsqu'autour des six éclats rouges, les os commencèrent à se rassembler. J'attendis que mon jouet soit à nouveau opérationnel, ma queue ondulant dans l'air. Les squelettes me refirent face et m'attaquèrent dès qu'ils furent en capacité de bouger. Le premier arriva en se trainant, avec seulement deux membres. *Minable !* Je lui écrasai le crâne renfermant son essence. Il ne reviendrait plus. Le second ne fit pas mieux. Le troisième se rua sur moi comme un animal. Ses os craquèrent dans mes paumes. Les autres arrivèrent armés de morceaux pointus appartenant à leurs confrères. Le combat fut rapide. La seule blessure fut celle d'un os planté dans mon palet lorsque ma mâchoire eut broyé la tête du dernier mort-vivant.

L'obscurité envahit l'espace. Je sentis Éther se coller à ma jambe. J'étais déçu, mais mon esprit était plus clair. Derrière moi, de l'agitation perça le silence. *Des renforts !*

Cool ! Éther m'attrapa la jambe et me tira, m'incitant à fuir.

- Si tu veux sortir, on n'a pas le choix : il va falloir foncer.

Miraculeusement, Pimprenelle était toujours dans mon dos. La boucle du fourreau était tordue et ce dernier me comprimait le poitrail. Je saisis ma claymore et revins sur nos pas à tâtons. J'essayai de prendre un bon rythme, me servant de mon arme comme une canne d'aveugle. Puis Éther s'illumina soudain. Son pelage dressé était parcouru d'une multitude de petites étincelles d'électricité statique. Surpris, il commença à courir, se fuyant lui-même. N'y parvenant pas, il se réfugia dans mes jambes. Je sentis plusieurs petites décharges électriques. Je m'éloignai.

- Ne te colle pas à moi ! Tu m'électrifies !

Il était complètement paniqué. Je m'accroupis et lui saisis la tête entre mes deux grosses pattes tigrées. Je sentis d'abondants arcs électriques traverser ma peau pourtant épaisse.

- Chuuut, le rassurai-je.

Il tremblait de tout son corps. Ses yeux étaient anormalement ronds, emplis de panique.

- Tu as mal ? tentai-je.

Mais j'avais déjà perdu son attention.

Je l'enlaçai comme mon frère avait pu le faire avec ma sœur pour la consoler. L'électricité me piqua l'épiderme, encore et encore.

- Ça va aller, l'apaisai-je entre deux caresses douloureuses. Calme-toi.

Ses tremblotements cessèrent. La lumière, mettant en valeur ses rayures rouges, faiblit peu à peu, avant de disparaitre.

- Tu peux marcher ?

Pas de réponse. Nous n'avions plus le temps. Je le pris sous le bras. À peine relevé, je pus observer loin devant des points rouges s'approchant. Des squelettes d'animaux ouvraient la voie. Je leur fonçai dessus. Derrière eux, je distinguai l'intersection et un flux important de squelettes en tout genre. Épaule en première, j'enfonçai leurs rangs jusqu'à percuter les premiers morts-vivants de taille humaine. Je fis un large balayage avec ma claymore. Je ne détruisis aucune créature mais cela les éparpilla. Remontant à contre-courant, je ne cessais d'en faucher. Marchant rapidement, alternant entre arcs de cercle et grands moulinets, je réussis à rejoindre la jonction. Je pris à gauche, suivant une partie du flot de squelette. J'étais maintenant dans le flux. J'avançais avec eux tout en les maintenant à distance. Autour de moi, j'observai une majorité de formes humaines, mais divers assemblages m'inquiétèrent, particulièrement ceux ressemblant à des métamorphes. Je vis la lumière du jour au loin. La vitesse des squelettes ralentit. Le flot se densifia. La sortie étroite créait un goulot d'étranglement. Rapidement, je fus à l'arrêt.

Les sans-vies nous remarquèrent de plus belle et leurs assauts s'abattirent sur nous. Nous étions à cinquante mètres à peine de la sortie. Éther se mit à gigoter alors que j'empalais à l'aide de Pimprenelle le crâne d'un chien squelette accroché à mon mollet. Mon compagnon avait les yeux rivés sur moi. Il moulina des pattes. Je mis un coup de pied dans un autre adversaire.

- Tu veux descendre ? m'inquiétai-je.

Il m'indiqua un oui franc. *Tant mieux, je récupérerai un bras comme ça.* Je repoussai quelques assaillants avant de le lâcher sans ménagement. Nous avancions péniblement mètre par mètre. Je ne comptai plus les nombreuses blessures superficielles reçues. Elles m'importaient peu car elles se refermaient déjà. Mon attention était portée sur Éther. Il n'avait pas cette faculté de régénération, le défendre était primordial.

Je nous avais mis dans un pétrin sans nom. Je ne me rappelais même pas comment nous en étions arrivés là. La pression des squelettes se fit de plus en plus forte. Leurs attaques étaient ininterrompues. Il nous restait vingt-cinq longs mètres à parcourir. Pour protéger Éther, je me servis de mon corps comme bouclier d'un côté et de mon arme pour éloigner nos ennemis de l'autre.

Nous n'avancions plus. Mon dos se faisait lacérer par des mains griffues, je commençais même à marcher dans mon sang. Éther tenta de s'envoler mais les squelettes lui saisirent les ailes, lui arrachant des plumes au passage. J'arrivais de moins en moins à maintenir la horde loin de lui. Une abomination moitié chien moitié crocodile bondit au-dessus de la mêlée, droit vers Éther. J'interposai mon bras. La créature enfonça ses crocs profondément dans mes chairs. Un autre squelette trouva une ouverture et fonça sur Éther.

Soudain, un éclair partit du museau de mon ami, percuta l'opportuniste, avant de traverser la horde jusqu'à la sortie. Je me débarrassai de la chose pendue à mon bras et repris le combat. Je réussis à reprendre de l'espace sur nos assaillants et même à avancer à nouveau. Je m'aperçus, avec du retard, qu'une partie des squelettes étaient comme ralentis, parasités, électrifiés ! L'éclair ne les avait pas détruits, mais il avait désorganisé leurs mouvements. Nous en profitâmes pour nous précipiter vers la sortie.

À l'extérieur, des squelettes s'éparpillaient dans Paris. L'alarme annonçant leur sortie résonnait déjà. Les habitants avaient déjà déserté les ruelles. Rapidement, nous nous évaporâmes, avant l'arrivée de la STPM.

* * *

Cette mésaventure m'avait apporté plusieurs clarifications. La première, et la plus importante : il était temps de recadenasser toutes mes émotions. Sinon j'allais droit dans le mur. La seconde : il faudrait que j'aie une discussion avec mon frère, mais pas tout de suite. Et enfin : Éther était génial ! Son éclair, en plus de nous sauver, m'avait fait penser à Hank, un expert en rituel. Peut-être pourrait-il me donner des indices sur le but du rituel des démons.

Je volai quelques vêtements sur une corde à linge afin de remplacer les miens, couvert de sang. Puis, je partis à la recherche de ce fan de combat de créatures clandestin. L'ayant rencontré pour la première fois dans un bar, je tentai ces établissements, loin des squelettes.

L'après-midi s'écoula rapidement. J'alternais entre recherches et dispersions pour éviter que l'on ne me suive. Jusque-là, j'avais fait chou blanc concernant Hank. Cependant, j'avais appris où se trouvait l'arène mobile. J'étais donc parti en direction de la place Vendôme.
Proche de l'ambassade des métamorphes, je ne pus m'empêcher d'y passer. Dans la rue, derrière le mur de huit mètres entourant le petit bois et le bâtiment, tout paraissait normal. C'est en étant devant l'entrée que l'on découvrait les décombres. La lourde grille était enfoncée. L'allée menant à l'édifice était saccagée. La pelouse était marquée par les explosions. Une carcasse de voiture calcinée était abandonnée sur le terrain. Et l'ambassade était à terre. Il ne restait que des débris. Des impacts de balles dans le mur d'enceinte me rappelèrent l'attaque et notre fuite. Bizarrement, j'étais attaché à ce lieu. Je remarquai des traces de pillages, cela m'irrita. J'inspirai à fond avant de repartir. Il était préférable que je ne m'y attarde pas.

J'arrivai Place Vendôme.

- Mon petit Éther, tu devrais rentrer.

Il me fit non de la tête.

Mon petit Éther ?! Et puis quoi encore ? Stop la compassion !

- Tu fais comme il te plait. Je t'informe tout de même que nous nous rendons à une arène.

Il inclina la tête d'incompréhension.

Ouais, arène, je ne t'ai pas encore appris, mais ça va te revenir.

- Le lieu où tu combattais… Avant que tu me rencontres, précisai-je.

Il comprit. Il baissa les oreilles, se tassa. Son air fut soudain infiniment triste.

- Mauvais souvenirs ? *Tu m'étonnes.* Tu peux rentrer, mais tu peux aussi faire face à cette épreuve. C'est à toi de choisir.

Il s'envola sans demander son reste.

J'entrai dans un parking souterrain. Seul le n-1 était encore accessible. Les niveaux inférieurs avaient été condamnés après l'ouverture d'un tunnel donnant accès au Sous-Paris. Étrangement, un grand nombre de traces olfactives suivaient la route menant à l'étage inférieur. Elles me guidèrent. L'accès se mit à descendre, mais un mur était érigé. Dans cette cloison, à l'endroit le plus sombre, un trou d'un mètre vingt de diamètre permettait de franchir l'obstacle. Tracé à la craie, un cercle alchimique encore visible avait servi à perforer le mur. Sans une bonne barrière magique, les parpaings ne protégeaient plus grand-chose…

Je pénétrai dans la partie scellée du parking. Les divers niveaux semblaient squattés, pourtant je n'y croisais qu'une seule enfant qui détala en me voyant. À partir du troisième sous-sol, j'entendis une ambiance émanant de plus bas. Musiques, voix, cris, un faible brouhaha qui atteignit son point culminant lorsque j'entrai au n-5, l'étage le plus bas. Une centaine de personnes étaient présentes. Au centre, un grillage entourait quatre piliers du sous-sol. Au-dessus de la clôture, tracé au plafond, un bouclier complétait l'arène. Des cages étaient disposées de part et d'autre de l'arène, non loin de deux entrées s'opposant. De simples barrières de chantier, ainsi que quatre gardes, bloquaient les zones réservées aux créatures. Divers stands de boisson, nourriture et pari complétaient le lieu. Le bord de l'arène était anormalement accessible : il devait être trop tôt pour les combats.

Je repérai une zone VIP avec tables et chaises, accordant une belle vue sur les futurs combats. J'y vis deux hommes discuter. La chance me souriait, l'un d'eux était Hank. Je les rejoignis. En m'approchant, je compris qu'une transaction était en cours. Je patientai quelques minutes, en les observant furtivement. Ils parlaient de dettes. L'inconnu finit par remettre une minuscule bourse à Hank, puis il s'en alla.

- Bonjour, me salua Hank. Comment va le nyx ?
- Bonjour Hank. Aux dernières nouvelles, il se porte bien. Merci d'avoir tenu parole.
- De rien. Asseyez-vous.

Je pris place face à lui. Visiblement, il avait chaud. De la sueur dégoulinait de son large front. Il sortit un mouchoir en tissu pour s'essuyer. Il portait une chemise blanche à manches courtes, bien auréolée et un short bleu ciel. Ses tatouages de demi-cercle rituel sur chaque avant-bras étaient visibles malgré sa peau noire ébène. Comme la première fois, ses cheveux étaient lissés en arrière.

- Vous voulez le faire combattre je présume ? reprit-il, un verre de whisky à la main.
- Non.
- Dommage… Dans ce cas, que me vaut le plaisir ?
- En fait, j'aurais besoin de votre expertise en rituel.

Cela piqua sa curiosité.

- Dites m'en plus.
- Je vais vous le dessiner si vous le voulez bien.

Il leva le bras, un serveur apparut.

- Apportez-nous du papier et un crayon, ainsi qu'un verre pour mon ami.

Ami ?! Je ne crois pas, non.

Quelques secondes plus tard, je dessinai de mémoire le sort en version réduite. J'hésitai sur l'orientation de petits traits, semblables à des virgules.

- Je ne suis pas sûr de leur orientation, avouai-je.

Je fis quatre traits, puis je finis par quelques fioritures qui auraient pu être des gouttes de sang tombées par hasard. Je lui présentai le sort incomplet comme je l'avais trouvé avec Kéra.

- À quoi cela peut servir ? demandai-je en lui donnant la feuille.
- Où avez-vous vu ce sort ?
- Par terre, dans un immeuble abandonné à Paris. Le tracé était réalisé avec du sang humain, précisai-je.
- Il n'est pas complet. Pouvez-vous le terminer ?
- Non.

Il le prit mal.

- Les parties manquantes étaient effacées, expliquai-je.
- Dans ce cas, je ne vais pas pouvoir vous dire à quoi il sert.
- Vous pouvez sûrement me donner des pistes ?! Pensez-vous qu'il puisse être activé même incomplet ? Un peu comme votre idée de tatouages ?
- En l'état, ce sort est inutilisable.
- Pourquoi ?
- Parce que ce sort est proche de l'œuvre d'art. Et qu'une œuvre d'art saccagée ne donne rien. Regardez, le côté gauche est très détaillé alors que le côté droit est presque vide d'inscriptions. Cela devrait être harmonieux, ou au minimum équilibré.

J'aurais dû dessiner la tâche d'urine d'astacoidre mélangée au sang... pour l'harmonie...

- La partie droite était effacée, rapportai-je. Tous ces signes doivent bien vouloir signifier quelque chose ?!
- Quelle taille faisait le cercle ?
- Environ trois mètres de diamètre.

Il siffla, impressionné.

- Alors ces traits vers l'extérieur doivent servir à connecter les participants.
- Les participants ?
- Oui. Pour activer un truc aussi grand, il faut être plusieurs.
- N'est-ce pas extrêmement compliqué ?
- Si. Il est très difficile d'activer un rituel à deux car il faut que les lanceurs du sort harmonisent leur magie. Dans le cas contraire, elles rentrent en conflit et n'engendrent rien de bon. Et selon votre dessin, il y aurait, un, deux, trois, quatre et sûrement un cinquième ici, dit-il en pointant une zone vide. Autant dire mission impossible. Ce sort est un fake, conclut-il.

Je pris une autre feuille et commençai à dessiner le sort d'alchimie trouvé à l'endroit des chaines.

- Vous vous y connaissez en alchimie ?
- Pas vraiment.

Il termina son verre.

- Ce n'est pas un cercle alchimique, me coupa-t-il.
- Laissez-moi finir.

Autant j'étais médiocre en magie rituelle, autant j'avais un bon niveau en alchimie. Des signes d'équivalence apparaissaient à plusieurs endroits, j'en étais certain.
Je finis le dessin.

- Ce n'est pas un cercle alchimique, persista Hank. Mais un rituel.
- Je ne crois pas, on y voit des signes d'équivalence. Ici, ici, et là.
- Je ne sais pas ce que cela signifie en alchimie, mais si vous prenez votre petit signe, et l'englobez dans celui-ci...

Il me désigna une partie plus importante du dessin, au centre duquel se trouvait le signe que j'avais reconnu.

- Eh bien, c'est un signe de pouvoir. Ce sort ressemble assez à un sort avancé de canalisation de soin, détailla Hank.

Pourquoi les démons soigneraient des humains pour les tuer ensuite ? Pour leur retirer plus de sang ? Cela me fit penser au mythe des vampires.

- Je ne comprends pas cet alphabet. On dirait presque du japonais, mais ce n'est pas ça, continua mon interlocuteur.
- Peut-être que j'ai mal recopié.
- Je ne pense pas, ces signes apparaissent plusieurs fois. Sur votre premier dessin, il y a aussi des écritures étranges.

Il revint sur le faux sort. Il pivota la page d'un sens, puis de l'autre.

- Je me demande si les cinq points ne schématisent pas un pentacle. En enlevant les écrits tout autour, les points extérieurs et en tirant des lignes, on aurait presque un cercle de nécromancien, dit-il en traçant cinq traits.

Du sang, des morts, de la nécromancie, les squelettes du Sous-Paris qui s'excitent. Tout était cohérent. Je fis un résumé de mes cours de magie. Les nécromanciens pouvaient animer, manipuler et appeler les morts, renforcer leurs créations et extraire la vie. Tout un programme. Et si les démons recherchaient simplement à contrôler l'armée de morts-vivants se trouvant sous nos pieds ?

- Où avez-vous découvert ces rituels, reprit Hank.
- À Paris, dis-je, distrait.
- Où précisément ?

Le ton de sa voix montrait un intérêt.

- Vous avez dit que c'était un faux…
- C'est sûrement le cas.

J'hésitai.

- Je suis prêt à payer pour cette information, renchérit-il.
Une alarme résonna dans ma tête. Il était hors de question que quelqu'un fasse mumuse avec de la magie provenant des démons. Hank sortit un louis d'or post-changement de sa minuscule besace. Deux mille euros dans une seule pièce de monnaie…

La phrase d'une voyante me revint alors : « Vous reviendrez me voir plus tard avec un louis d'or ».

Je n'étais pas convaincu par la voyance, mais la magie permettait tellement de chose, pourquoi pas cela ? Bizarrement, cela coïncidait avec la disparition de mon ami Christophe. J'étais perplexe. Je réfutai l'existence d'un destin. Ne pas maitriser ma vie était impensable. Déjà que ne pas contrôler mes émotions me posait problème…

- Ancienne sortie de métro « Porte Dorée », au rez-de-chaussée d'un des bâtiments abandonnés à l'orée de la forêt, dis-je en me saisissant du louis d'or.
- Merci, me répondit-il avec un sourire jusqu'aux oreilles.

C'est une erreur… mais j'en ai besoin.

Je me levai.

- Vous ne restez pas ? Les combats devraient bientôt commencer.
- Non, j'ai à faire.
- Dans ce cas au revoir… Rappelez-moi votre nom, dit-il embarrassé.
- Hermorrhage. Au revoir Hank.

Il répéta mon nom dans sa barbe. *Ouais ça serait bien de le retenir !*
Nous nous serrâmes la main. Je partis.

Chapitre 9

Le nombre de sans-abris et de squatteurs est en forte hausse dans la capitale. Nous sommes partis à la rencontre de Julie et Kevin. Ces derniers ont planté leur tente entre les ruines d'un immeuble du 19ᵉ arrondissement. Depuis deux semaines, ils ont préféré quitter le Sous-Paris pour la surface. Julie nous confie : "je n'en pouvais plus de vivre la peur au ventre. Je ne dormais plus la nuit". La répétition des attaques de morts-vivants était devenue insupportable pour le couple. Pourtant, elle assure que sans cela, ils seraient restés en dessous, "à la fraiche".

Retranscription d'une interview d'une ex-habitante du Sous-Paris.

Retrouver l'air libre me fit du bien. Le soleil disparaissait déjà sous l'horizon, baignant Paris de teintes orange. Je n'aperçus que trop tard une ombre fonçant sur moi. Un truc plein de poils soyeux me percuta. Je finis par terre, sur le dos, légèrement sonné. Mon dos était douloureux. La garde de Pimprenelle enfoncée entre les omoplates, j'essayais de me redresser alors qu'une averse de léchouilles s'abattait sur mon visage.

- T'es un grand malade ! dis-je en me protégeant.

Éther s'attaqua à mon cou.

- Mais stop ! criai-je.

Il arrêta son agression et s'assit sur moi.

- T'es sérieux ?! Bouge de là.

Je le poussai en me redressant. Ses grandes oreilles dressées, la queue balançant, il semblait ravi de me revoir. Parfois, je me demandais si Éther n'était pas le croisement entre un chien et un lynx punk. Je dus sourire car il s'approcha à nouveau de moi.

- Tu ne devais pas rentrer ? dis-je en me relevant.

Il sautilla sur ses pattes avant de manière incompréhensible. Mon traducteur nyx – Humain devait être en panne. Le fait de le retrouver me faisait plaisir, mais il était hors de question de le lui montrer. Il était déjà assez collant comme ça.

- Allons finir cette journée !

* * *

Nous arrivâmes à l'entrée de métro "Tolbiac". Par chance, ce passage était encore ouvert. Cependant, trois gardes de la STPM étaient postés devant. Je ne connaissais pas d'autres passages pour me rendre chez Irma, j'allais donc ruser.

Au final, je me servis d'Éther comme appât. Et comme tout bon employé de la STPM, ils eurent envie d'en découdre. Taper, tuer et cogner, ça, ils connaissaient, surtout dans le cas d'une créature magique sans droit. Au moment où Éther montra le bout de son museau, leurs attentions furent sur lui. Il les nargua. *Pour ça tu es bon...* Un garde tira un carreau d'arbalète au moment où il disparut au coin d'une rue. Ils le prirent en chasse. Cela me laissa largement le temps d'allumer l'une de leurs torches et de me précipiter vers l'escalier. Juste à temps, je freinai. Une barrière, ondulant dans l'air, bloquait le passage. Je faisais face à du lourd. Peu de barrières étaient visibles à l'œil nu. J'identifiai rapidement des hiéroglyphes gravés dans le sol, les murs et le plafond. *Qui ne tente rien n'a rien.* J'appuyai sur la barrière. Ma main la traversa sans aucune résistance. Je la franchis, hésitant. J'espérais ne pas être en présence d'une barrière à sens unique, qui m'empêcherait de sortir. Je vérifiai immédiatement. Ce n'était pas le cas. Rassuré, je continuai à descendre l'escalier, sans savoir à quoi ce sort pouvait servir.

L'obscurité était oppressante et l'air contenait un léger parfum de mort. Je marchai un moment. Le silence était couvert par le bruit d'un goutte-à-goutte résonnant sur les parois du tunnel. Je passai à côté de deux gros tas de cendres éparpillés sur plusieurs mètres. Des vestiges d'une caisse d'armes étaient là. Dans mes souvenirs, des sentinelles auraient dû être plantées là. Je continuai, sur mes gardes. Les premières cabanes apparurent, complètement détruites. Il n'y avait plus personne ici. Je laissai les monticules de bois et de tôle, m'enfonçant vers ce qu'était le centre de ce petit village. Je débouchai dans une ancienne station de métro réaménagée en une petite place. Les boutiques étaient encore debout, mais complètement vides. Les barils servant de barbecue et de lumière étaient renversés. Des flèches et des carreaux étaient disséminés un peu partout dans les murs. Une bataille avait eu lieu ici.

J'entrai dans l'enceinte du « bric-à-brac ». Il ne restait plus un seul objet, pas même la statue de l'immense Bouddha. À la place de l'écriteau « Irma voyante » était placardé un message : « À notre aimable clientèle : retrouvez-nous à l'esplanade de la défense ».

Ils auraient pu placer ce panneau à l'entrée du tunnel... Je vous jure...

Je fis demi-tour. À cinquante mètres de la sortie, j'éteignis la torche. J'attendis deux minutes, le temps que mes yeux s'habituent à l'obscurité, puis continuai. En bas des escaliers, j'entendis deux femmes discuter. Je me mis à chercher Éther. Il volait très haut dans le ciel nocturne. Je lui fis des signes, puis des signes, et encore des signes.

J'ai l'air d'un débile. Éther, je vais te trucider. Je m'apprêtai à changer d'option quand il plongea. Quelques minutes plus tard, une femme s'écria :
- Le revoila !

J'entendis deux personnes courir.

130

- Je reste ici ! affirma un homme.

- Bouge ton tas de graisse, l'injuria une voix féminine.

- Si ça vous amuse de courir après cette bestiole, ça vous regarde. Moi, je reste à mon poste.

Franchement, je suis d'accord avec la dame, tu devrais bouger... Il resta.

Furtivement, je montai l'escalier. Le garde restant me tournait le dos, regardant dans la direction où ses compagnons avaient disparu. Je me glissai derrière lui. D'un geste rapide, je plaquai ma main gauche sur sa bouche alors que j'appliquai une forte pression à la base de son cou à l'aide de mon pouce droit. Il s'évanouit. Le laissant inconscient, allongé par terre, j'empruntai une rue parallèle.

Éther ne tarda pas à me rejoindre.

- Bravo, le félicitai-je.

Il bomba le torse et adopta une allure d'apparat. *Comment il se la pète trop vite...*

- Après, je t'ai demandé ce que tu sais faire le mieux : fuir...

Cela mina son enthousiasme. De contrariété, il me bouscula d'un coup de rein.

- T'es un gros râleur en fait.

Il leva les yeux au ciel. Cela me fit rire. Il apprenait nos mimiques à une vitesse…

- Arrête de ronchonner, lui dis-je en le bousculant à mon tour.

Il fit un écart de deux mètres. Je le vis se préparer à me rendre la monnaie de ma pièce, je me mis à courir. On finit par faire la course.

* * *

Pour une fois, il ne tricha pas. Peut-être avait-il déjà trop volé pour ce soir. Lorsque nous arrivâmes au pont menant à la défense, nous fûmes bien essoufflés.

- Qui a gagné ? C'est bibi ! m'autofélicitai-je.

Il leva une nouvelle fois les yeux au ciel d'exaspération, à se demander qui était le gamin.

Nous traversâmes le pont. Face à nous, l'esplanade de la défense avait pris vie. Quelques jours auparavant, cette zone était encore vide, entourée d'immeubles effondrés ou grignotés par des dévoreuses. Ce quartier avait été abandonné, trop marqué par la magie et trop proche de la forêt.
Derrière un bâtiment couché en travers de l'esplanade, une large zone était maintenant nettoyée des gravats. Des constructions sommaires, bâties avec des matériaux de récupération, formaient un petit quartier d'une trentaine d'habitations. J'y retrouvai l'ambiance du village

souterrain : les grillades de rats, la musique, la pauvreté aussi.

Un immense Bouddha attira mon attention. Autour de lui, tel un marché aux puces, une multitude de choses étaient entassées en cercles concentriques : armes, matériel électronique, tableaux, livres, matériaux magiques. Quelques petits animaux et plantes étaient protégés sous une toile tendue. J'aperçus la jeune Irma ranger un amas d'objets. Elle était toujours aussi belle.

- Je vous attendais, me fit sursauter la vieille Irma.

Mais d'où sort-elle ?

- Bonsoir. Comment ça, vous m'attendiez ?
- Ho, vous ne me cherchiez pas ? dit-elle, déçue.
- Si…

Elle me sourit, compréhensive.

- Suivez-moi.

Ce que je fis. Elle m'amena à une grande cabine d'essayage. Elle tira le rideau. À l'intérieur, deux chaises étaient disposées face à face.

Même pas une petite boule de cristal ?

- Je vous en prie.

J'entrai et m'assis, dubitatif. *Mais qu'est-ce je fais là ?* Éther s'installa.

- Est-ce que ma fille vous plait ?
- Pardon ?
- La trouvez-vous belle ?
- Heu… oui.
- Voulez-vous vous marier avec elle ?
- Quoi ? Non !
- Vous ne trouverez pas meilleure femme ! Travailleuse, aimante, et elle saura vous donner des enfants.
- Je ne suis pas là pour ça ! protestai-je.
- Pardon, je ne voulais pour vous vexer.

C'est plutôt à elle qu'il faudrait s'excuser !

Elle me tendit sa main, paume ouverte. Je ne compris pas.

- Votre louis d'or, réclama-t-elle.

Si elle lit la bonne aventure dans l'or, je me barre.

Je lui donnai l'intégralité de ma fortune. Elle glissa la pièce dans une poche, satisfaite. Elle vint me saisir les poignets. Elle fixa son regard dans le mien. En dix secondes à peine, de la sueur perla sur son front et ses mains devinrent moites. Son corps fut parcouru de quelques tressautements, puis ce fut fini. Elle me lâcha les poignets.
L'équivalent de deux mille euros pour moins d'une minute, j'hallucinai.

- Vous recherchez une personne proche de vous et qui vous ressemble. Mais elle meurt à petit feu à cause de l'argent utilisé contre elle. Elle souffre beaucoup, ça la brûle. Je l'ai vue enfermée.

- Où ?

- Unijet… dit-elle, incertaine.

- Qui retient mon ami ?

- Vous le savez déjà, formula-t-elle, désolée.

- Avez-vous remarqué d'autres indices ?

Elle fit non de la tête. Je me levai et sortis de la cabine.

- Ayez confiance en vous, vous pouvez y arriver. Mais ne précipitez pas les choses…

- Pouvez-vous être plus précise ?

- La voyance n'est jamais bien précise. Quoi qu'aujourd'hui cela l'était. Les astres sont sûrement favorablement alignés.

- Merci.

- Si jamais ma fille est trop jeune, sachez que j'aime les hommes sauvages…, me dragua-t-elle avec un clin d'œil aguicheur.

Au secours !

- Ah ! J'oubliai : vous avez une amie s'intéressant aux démons ?! Elle est la clé de votre réussite, rajouta la vieille Irma.

Kéra ? Pourquoi la mêlerai-je à tout ça ?

Chapitre 10

Aimez-vous la nature ? Les fleurs vous parlent ? Les arbres vous murmurent des mots doux ? Vous n'êtes peut-être pas fou ! Vous avez probablement un don pour la magie druidique.

Introduction à la magie druidique.

- Hermorrhage, nos invités sont arrivés, me réveilla Maggie.
- Mhhh… Quelle heure est-il ?
- Cinq heures.
- Je vous laisse vous en charger.
- Ce n'est pas possible tu es notre alp… notre représentant, corrigea-t-elle.

Rien à faire ! J'ai à peine dormi trois heures ... Je fis la sourde oreille.

- Éther, je te laisse t'en charger, conclut-elle.

Une tornade me sauta dessus. Sur mon dos, il commença à faire les cents pas. Hélas pour lui, cela n'eut pas le résultat escompté. Au lieu de me réveiller, ses coussinets me massèrent. *Un peu plus à droite, plus haut... Parfait !* Puis il se mit à faire ses griffes.

- Mais ça va pas ! criai-je en me redressant.
- Bienvenue chez nous, dit Maggie dans la pièce d'à côté.

Comment ça bienvenue ? Cela finit de me réveiller. J'enfilai rapidement un haut avant de pousser le rideau séparant la chambre commune du reste de la maison. En compagnie du reste de la meute, deux personnes et un sanglier étaient entrés.

- Je vous présente Hermorrhage et Éther.
- Enchantés, répondirent deux inconnus.
- Hermorrhage, voici Céline, Thomas et Frédéric, reprit Maggie, alors que quelque chose me frôlait l'esprit.

Je les passai rapidement en revue. Céline était une petite femme aux cheveux bruns excessivement longs. Elle était habillée d'une surprenante robe végétale. Je lui donnais dans les vingt-cinq ans. Thomas était un vieux papy avec une longue barbe blanche et une calvitie prononcée. Il était vêtu d'une saie blanche à la manière des druides. Et enfin, Frédéric était un énorme sanglier. Leurs odeurs étaient astucieusement camouflées par des essences de bois.

- Bonjour, dis-je. Donnez moi deux minutes.

Mais comment sont-ils entrés ? Je sortis pour constater que le bouclier était inopérant. Un druide me suivit.

- Veuillez excuser Céline, elle a désactivé votre protection, m'informa Thomas.

Ce babysitting commence bien.

- Je comprends votre désappointement mais nous réparerons cela, s'excusa-t-il.
- Mouais. Vous n'êtes que trois ?
- Oui.

Tant mieux. C'est déjà trop. J'aurais dû refuser cette mission... Mais oui c'est vrai ! On ne m'a pas demandé mon avis ! Je repartis en direction de la maison. J'entendis un murmure étrange.

- Excusez-moi, me coupa Thomas. J'ai l'impression que nous ne sommes pas partis du bon pied.
Ah parce qu'à un moment on est partis ?
- Nous sommes là pour épauler la Meute, dans une guerre qui ne nous regarde que très peu, continua-t-il.
La Meute ? Pas l'Alliance ?! Intéressant.
- Nous resterons le temps qu'il faudra, et nous nous occuperons de nous-même, n'ayez pas d'inquiétude.
Comme si j'allais vous laisser vous balader comme bon vous semble...
- On ne souhaite que vous aider afin que cette guerre prenne fin le plus rapidement possible.
Si tu le dis...

Je sentis une infime tension, comme un fil relié à mon esprit, alors que Thomas continuait à répondre à mes pensées.

- Bien sûr, on se pliera à vos mesures de sécurité et à votre hospitalité.

Un télépathe ?!

- *Il semblerait que vous ne différenciiez pas toujours les pensées de la parole...*

Je rompis le lien. Thomas devint livide.

- Excusez-moi, s'empressa de baragouiner le druide.
- Ce n'est pas très amical tout ça.

Le sanglier sortit.

- Je ne voulais pas...
- Il va falloir faire mieux, l'avertis-je.

Le sanglier gratta la terre de son sabot.

- Je m'y suis mal pris, avoua Thomas, calmement. Nous ne vous connaissons pas et vous êtes des métamorphes. Ce n'était que des précautions...
- Comme détruire notre bouclier ?
- Non, ça c'est une erreur d'appréciation de la part de Céline.
- Et comment a-t-elle fait ?
- Elle vous l'expliquera. Mais je vous en prie, on ne vous veut aucun mal.

Durant notre petite conversation, tout le monde avait fini par nous rejoindre en gardant une distance de sécurité de dix mètres. Je vis Maggie me faire de petits signes discrets. Elle pointa ses yeux avec un air mécontent, puis elle me pointa du doigt. Il me fallut quelques secondes pour comprendre que mes yeux devaient briller, signe de mon énervement.

- Nous allons reprendre depuis le début, acceptai-je. Mais dites à votre sanglier d'arrêter de faire ce trou.

Nous rentrâmes, puis nous nous installâmes sur les rondins de bois servant de chaise.

- Désolé d'être arrivés si tôt mais je trouvais cela préférable au vu de la discrétion demandée, commença Thomas.
- Ouais… Avant tout, on va reprendre vos présentations : Thomas, druide et télépathe. On peut même dire que vous êtes extrêmement bon, car ce monsieur peut sonder les esprits à notre insu, informai-je mes compagnons.

Sébastien et Maggie parurent l'apprendre. Alf ne broncha pas. Céline se ratatina.

- Mais êtes-vous un druide ? demandai-je.
- Aussi.
- Y a-t-il quelque chose d'autre à savoir ?
- Je suis le responsable de ce groupe.
- Passons à Céline. Quelles sont vos compétences ?
- Je… Ma spécialité sont les plantes, bafouilla-t-elle.
Plus précis, tu meurs…
- Les plantes ? Les cataplasmes ?
- Non, je… communique avec elles.

Pourquoi n'y avais-je pas pensé ?!

- C'est notre spécialiste défensive, précisa Thomas.

- Et comment avez-vous sapé mon bouclier ?

- Je ne savais pas que c'était à vous, ça gênait les plantes, s'excusa-t-elle.

Pauvres petites plantes…

- Et comment avez-vous fait ? répétai-je.

- J'ai demandé à une racine de bouger un peu pour rompre votre sort.

Dans ma tête, je me représentai l'action : une racine bouge, remuant la terre, le tracé du cercle se décalant suffisamment pour être rompu. La magie druidique 1 - la magie rituelle 0. Cela me laissa perplexe, incapable de répondre à cette simple question : comment pourrais-je contrer cette technique ?

- Ok. Et votre sanglier apprivoisé, à qui appartient-il ?

Ce dernier grommela.

- Frédéric est aussi un druide, m'apprit Thomas. Mais il est bloqué dans cette forme. C'est notre spécialiste de la faune.

J'avais entendu des rumeurs sur des druides changeformes mais rien de probant.

- Il est bloqué ? En vague tech, il ne reprend pas sa forme originale ?

- Non.

141

Bizarre... Et pourquoi avoir choisi la forme d'un sanglier ? Pour être plus appétissant pour les garous ?

- Il n'a pas intérêt à croiser la route d'autres métamorphes...
- Il me demande de vous dire de ne pas vous inquiéter pour lui, il sait se défendre, nous transmit Thomas.
- Quelle est votre mission ?
- Nous allons installer un système de surveillance pour détecter les intrusions.
- Et comment comptez-vous vous y prendre ?
- Nous allons demander l'aide de nos amies les plantes, ainsi que celle des animaux. Je vous demande quelques secondes, s'il vous plait.

Un silence s'installa.

- Arnaud me dit qu'il a bien reçu votre demande et qu'il vous recevra dans la matinée, reprit Thomas.
- Vous êtes en relation télépathique avec Arnaud ? dis-je étonné.
- Oui, sinon comment aurais-je pu vous transmettre son message.

Question bête effectivement.

- Nous n'avons pas beaucoup d'espace, mais vous devriez trouver une petite place.
- Nous allons nous construire une cabane, ne vous inquiétez pas.
Ils n'ont que cette phrase à la bouche : ne vous inquiétez pas. C'est louche tout ça.

- Non, dis-je catégorique. Il faut que votre présence soit aussi discrète que possible, il n'est donc pas question de faire apparaitre une cabane druidique.

Thomas acquiesça, compréhensif.

- Aurez-vous besoin de matériel ?
- Nous avons ramené tout ce qu'il nous faut.
- Ok. Il faudra limiter vos déplacements au strict minimum. Si vous devez vous éloigner de plus de cinquante mètres d'ici, Sébastien vous accompagnera. Systématiquement ! Et pas plus d'un à la fois !
- Très bien. Frédéric demande si cela s'applique aussi à lui.
- Cela s'applique à vous trois. Alf et Maggie, vous resterez au camp. Veillez à ce que les druides ne se fassent pas surprendre.

N'ayant pas vu mes compagnons éveillés à mon retour de Paris, j'en profitai pour les informer :
- Il est possible que je ne sois pas très présent pour les jours à venir, donc je compte sur vous.

Tout le monde valida alors que les premiers rayons de soleil éclaircissaient le ciel. *Au revoir ma nuit de sommeil.*

Chapitre 11

La sombrae, ou la folie lycanthropique, a de nombreuses appellations. Cet état est la perte de raison touchant de nombreux garous. La sombrae est le plus souvent irréversible. Et quand ce n'est pas le cas, il est de plus en plus difficile d'y résister. La sombrae semble liée à la quantité de virus présente dans l'organisme ainsi que la capacité à éprouver certains sentiments. Ma situation démontre qu'une quantité importante de virus ne suffit pas à rendre fou.

(Écrit avec un autre stylo) Depuis que j'éprouve de la colère, j'ai de grandes difficultés à retenir mes instincts animaux. Je pense que le VLS agit comme un catalyseur et accentue certaines émotions. Est-ce qu'un trop-plein d'émotions pourrait me faire perdre la tête ? Est-ce cela la sombrae ?

Tiré de « Mon petit guide sur les métamorphes », par
Hermorrhage.

Alors que je rejoignais les bâtiments de la Meute, un vent frais se leva. Au loin, des nuages gris s'amassaient. Je passai à côté de l'imposant théâtre couvert, filant vers le centre de leur territoire. Je croisai pour la troisième fois une patrouille comptant un métamorphe sous forme humaine et un autre en animal. Mine de rien, ils passèrent à côté de moi, histoire de vérifier mon odeur. Je les saluai. En deux semaines, toutes les maisons avaient été renforcées dans l'éventualité d'une attaque. La surveillance était, elle aussi, accrue. Un enfant, assis sur une marche d'escalier, se leva et courut dans ma direction.

- Bonjour Hermorrhage.
- Salut Ned.
- J'allais justement te rendre visite, Arnaud souhaite te voir.
- On m'en a déjà informé.

Ned parut déçu.

- Mais en tant que messager, tu as sûrement des précisions à m'apporter.
- L'alpha de la Meute souhaite s'entretenir avec vous pour huit heures, dit-il solennel.

J'étais plus d'une heure en avance. *J'aurais dû attendre Ned... j'aurais pu me recoucher...* Depuis les débuts de l'Alliance, l'adolescent était notre messager attitré. Il faisait le lien entre notre groupe et la Meute, plus rarement, pour d'autres courses.

- Comme je suis déjà informé, tu as un peu de temps devant toi ?
- Oui, dit-il les yeux pétillants.
- Dans ce cas, je pensais entrainer un jeune loup...

- Yes !
- Rappelle-moi ce que l'on a vu la dernière fois.
- Les points vitaux à attaquer.

Je lui fit signe de parler plus bas. Je n'étais pas sûr que ces connaissances soient adaptées à un garçon de douze ans, même métamorphe.

- On va faire plus soft aujourd'hui. Je te laisse t'échauffer.

Il commença par courir un peu en exécutant des talons-fesses, des genoux-poitrines et quelques pas chassés. J'en profitai pour poser Pimprenelle et son fourreau à terre. Il revint face à moi et débuta des étirements dynamiques. Je pris exemple sur lui.

Ned était orphelin. Pour je ne sais pas quelle raison, depuis que je côtoyais la Meute, Ned tentait de se rapprocher de moi. Je ne comptais même plus le nombre d'entrainements passés avec Christophe durant lesquels Ned était assis dans les gradins du théâtre couvert.

Nous échauffâmes nos genoux, suivis des chevilles.

- Mais regarde qui est là ?! nous surprit quelqu'un.
- Hermocrotte et son petit toutou, renchérit un autre.
- Qu'est-ce qu'ils font ?
- On dirait qu'ils s'entrainent.
- T'es sûr ?
- Vous pensez que l'entraînement de Ned va durer aussi longtemps que celui de son professeur ? questionna un troisième.

J'aurais dû me douter que s'entrainer en extérieur et au milieu de la Meute était une mauvaise idée.

Le trio infernal, comme je les nommais : trois jeunes adultes complètement stupides. De manière inexpliquée, eux aussi s'intéressaient à moi, mais pour me dénigrer. Effet de groupe ? Sécurité du territoire ? Je ne comprenais pas ce qui les rendait aussi sûrs d'eux, au point de me provoquer à chaque occasion. Jusque-là, je les avais ignorés.

- Changement de programme, annonçai-je. Je vais te faire un cours.

Ned fut déçu.

- Il est très important de connaître ses limites. Quand on se fait botter les fesses par quelqu'un de plus jeune que soi, on ne retourne pas l'ennuyer trois semaines plus tard, dis-je bien haut, autant à l'attention des trois garous qu'à Ned.

En effet, une vingtaine de jours auparavant, j'avais eu la mauvaise idée de confier ma claymore à Ned. Les trois gus étaient venus la lui prendre. Ned avait perdu le contrôle et déclenché une rixe. Au premier abord, nous avions pensé qu'il avait sombré, mais il avait retrouvé ses esprits... Depuis, j'avais réellement pris Ned sous mon aile.

- Je crois qu'il parle de toi, conclut un des jeunes adultes, surpris.
- Ensuite, il faut savoir se contrôler, aussi bien ses émotions que sa bouche. Sinon on devient un moulin à

paroles facilement manipulable… en plus d'être stupide…
Un peu comme les trois qui sont là-bas, dis-je en les
pointant du menton.

La bouche entrouverte, Ned me fixa, les yeux ronds.

- Putain, mais il parle vraiment de nous !

Je jetai un œil furtif dans leur direction, je vis leurs yeux
crépiter. Ils allaient bientôt être à point.

- Le problème avec ce type de personne, c'est qu'ils sont
un peu longs à comprendre, mais ce n'est pas de leur faute.

- Je vais me le faire !

Ils se dirigèrent vers nous.

- C'est la faute de leurs parents. Ils ont sûrement eu une
éducation trop laxiste. Ou ce sont des chèvres…

*Quoiqu'une chèvre se serait barrée depuis longtemps…
Donc pire que des chèvres…*
À cinq mètres de moi, je décidai enfin de planter mon
regard dans celui du plus proche. Il stoppa net. Ses yeux
brillaient d'une lueur jaune furieuse. Il hésita. *Tu
courberas l'échine !* Les deux autres le dépassèrent. Cela
l'enhardit. *Grosse erreur ! Vous allez reprendre votre
place.*

Le VLS explosa dans mes veines. Je fis un rapide pas vers
mon premier adversaire. Sans que la transformation de

mes jambes ait nui à mon équilibre, j'envoyai un puissant coup de poing dans son estomac. Il s'écroula, recroquevillé sur le côté, gémissant. Me redressant de mes deux mètres quatre-vingt, complètement transformé en loup-garou, je fis face aux deux autres gringalets incrédules.

Je me devais de marquer le coup. À partir d'aujourd'hui, ils reprendraient leur place. Ils baisseraient la tête, sinon, ils mouraient.

Je saisis le cou de chacun d'eux, les soulevant du sol. Le troisième, toujours allongé au sol, essaya de s'éloigner. De ma patte postérieure droite, je lui écrasai la tête dans la terre, les griffes dans le visage. Je resserrai ma prise sur le cou des deux autres.

- C'est mon dernier avertissement.

Aucune réponse. Comment auraient-ils pu ? Je leur écrasais la trachée. Ils se débattirent. Je les secouai.

- C'est clair ? dis-je en accentuant la pression sur la tête de celui au sol.
- Oui, gémit ce dernier.

La réponse des autres vint de leurs regards terrifiés.

- Ça suffit ! Relâche-les immédiatement, m'ordonna Eilca.

Qui était-elle pour me donner des ordres ? Ne connaissait-elle pas sa place ?

- Je pense qu'ils ont eu ce qu'ils méritent, hésita Ned derrière moi.

Mais qu'est-ce que je fais ? J'avais l'impression de devenir Loup, l'être que je personnifiais dans certains de mes cauchemars : un loup écrasant tout sous sa domination.

Je relâchai les deux jeunes hommes. Ils tombèrent à terre. Ils toussèrent à la recherche d'air, prenant des inspirations bruyantes. Lorsque je levai ma patte du visage du dernier, je pus voir l'os de sa mâchoire et de son crâne. Sa figure baignait dans son propre sang.

La violence dont j'avais fait preuve ne me ressemblait pas; pourtant je la trouvais justifiée. Cette petite clarification m'avait même apaisé d'une manière insoupçonnée. Ce n'était pas comme un shoot d'adrénaline, ou un plaisir passager, c'était plus profond… comme si un rouage avait pris sa place, faisant tourner le monde plus rond.

Je repris forme humaine, en évitant de regarder Eilca, au cas où…

- Si tu veux prendre l'avantage sur un ennemi métamorphe, énerve-le et profite des ouvertures, conclus-je mon cours.
- Ce que tu leur as mis ! s'émerveilla Ned.

Il ne paraissait pas choqué outre mesure. *J'ai failli tuer trois membres de ta meute…*

- Tu m'apprendras à me transformer aussi rapidement ? continua-t-il envieux. Quand je raconterai ça aux copains…

J'allais lui dire de garder ça pour lui. Mais je me ravisai en contemplant ma bêtise. Je venais d'abattre l'un de mes meilleurs atouts, pour quoi ? Corriger trois adultes pas encore sortis de l'adolescence… Dans une heure, toute la Meute serait informée de ma capacité à prendre ma forme de guerre en moins de trois secondes. Et avant la fin de la journée, toute l'Alliance serait au courant. En trois secondes, je venais de ruiner trois ans de secret. Même Christophe était à peine informé… *Je suis un idiot !* Je sentis Eilca s'approcher de moi. Son odeur m'apprit qu'elle était prête à combattre.

- Bonjour Eilca.

Elle grogna, pourtant toujours en humaine. *Ça va ! Ils ne sont même pas morts.*

- Ils avaient besoin d'une petite leçon, expliquai-je.
- Tu as attaqué un membre de ma famille.
- En fait, ce sont eux qui se dirigeaient vers moi, dis-je en haussant les épaules, innocent.
- Arrête de mentir, tu étais en crinos !

Je ne vois pas ce que cela a à avoir…

- Il dit la vérité. Ils ont dit des méchancetés, détailla Ned. Hermorrhage leur a répondu. Puis ils sont arrivés. Et là, il s'est transformé en donnant un coup de poing. Il a chopé les deux autres…

- J'ai vu ce qu'il s'est passé, coupa Eilca. Il n'a aucune maitrise de lui-même.

Disons qu'il y a des hauts et des bas.

- Vous deux ! Chez moi, immédiatement ! ordonna Arnaud de sa fenêtre.

Alors qu'un silence irréel venait de s'abattre, je découvris l'attroupement en train de se former. Une heure, j'avais été large, toute la Meute en serait informée en moins d'un quart d'heure…

* * *

Invités par Laëtitia, la femme d'Arnaud, nous pénétrâmes dans la demeure de l'alpha.

- Il n'a pas encore fini mais cela ne sera pas long.

Eilca et moi-même restèrent debout à nous regarder en chiens de faïence. Puis une personne passa entre nous afin de sortir.

- Dans mon bureau ! tonna Arnaud.

Cela mit fin à notre duel d'observation. Nous entrâmes dans une grande pièce, me faisant penser à un cabinet de ministre. Arnaud prit place dans un fauteuil d'apparence confortable.

- Asseyez-vous.

Je pris place dans la chaise la plus en face de l'alpha.

- Il faut le sanctionner ! Il a attaqué trois membres de notre meute. Vous devriez l'expulser de notre territoire et de l'Alliance, entama Eilca, toujours debout.
- Assis !

Elle s'exécuta. *Bon chien.*

- Eilca, étais-tu au courant du comportement de Maxime, Théo et Hugo à l'égard d'Hermorrhage ? questionna Arnaud. Bien sûr que tu l'étais, je l'étais moi-même…, continua-t-il. Les avons-nous recadrés ? Non. Alors ce qui devait arriver est arrivé.
- Mais…
- Ils sont encore en vie, d'autres alphas ne leur auraient pas laissé cette chance.
- Il vous met clairement en porte-à-faux. Il défie votre autorité en agissant ainsi sur notre territoire, argumenta Eilca.
- Je ne pensais pas qu'il réagirait de cette façon, avoua l'alpha. Les conseils d'Alf sont plus violents qu'espérés.

Les conseils d'Alf? Il croit que je soigne mon comportement ?! Je gardais pour moi le fait de mettre un peu emporté.

- Si possible, fais ça sous forme de duel officiel, sinon ça fait trop brouillon… ça à moins d'impact : cela crée une rumeur de plus. Rien ne vaut un combat au théâtre, me conseilla Arnaud.

Eilca était médusée.

- Il faut le punir sinon on vous le reprochera, se plaignit la lieutenante.
- Cela suffit Eilca ! J'en ai marre de ton comportement. Tourne la page ! Hermorrhage n'est pas responsable des choix qui te tourmentent. Si tu ne sais pas faire la part des choses, je la ferai pour toi.

Eilca reçut cela comme un coup de poing. Elle s'affala dans l'autre chaise, intégrant l'avertissement. *Qu'est-ce que je viens faire là-dedans ? Je la connais à peine.*

Arnaud se tourna vers moi :
- De quoi voulais-tu me parler ?
- Christophe est en danger ! Il est retenu par les frères de Sang, affirmai-je.
- Comment sais-tu cela ? me demanda-t-il.
- Je ne peux pas vous dévoiler mes sources.

Mais ça m'a couté une blinde. Quoi que comparé à la valeur d'une vie…

- Est-il encore en vie ?
- Je pense que oui. Il serait retenu dans un bâtiment s'appelant Unijet, mais je n'en sais pas plus.
- Unijet n'est pas un bâtiment mais une société, intervint Eilca. Ils avaient divers structures et hangars sur l'aéroport du Bourget.

L'aéroport du Bourget, une zone désaffectée transformée en quartier général par les Frères de Sang. Il était logique qu'ils retiennent leurs prisonniers là-bas.

- Savez-vous où se situent les édifices d'Unijet ?
- Bien sûr, mais que comptes-tu faire ? Tu crois pouvoir entrer, le sauver et repartir ? explosa Eilca.
- Je ne sais pas si cela sera aussi simple, mais c'est l'idée.
- C'est d'accord ! Nous allons t'aider, annonça Arnaud.

Sa lieutenante se figea, effarée :
- Pourquoi ? Pourquoi me l'avoir refusé et pas à lui ?
- Parce qu'il n'appartient pas à notre meute et qu'il n'en fera qu'à sa tête de toute façon…

Après une petite pause, il reprit sur un ton anormalement calme :
- Eilca, écoute-moi bien ! Et ne prends pas mon explication pour un aveu de faiblesse, tu le regretterais. Hermorrhage est très précieux pour nous. Le VLS dans son organisme dépasse de dix fois la limite menant n'importe quel métamorphe à la sombrae. Pourtant, il se tient devant nous. Il est peut-être la clé qui nous permettra d'éradiquer la folie qui nous touche. C'est pourquoi je veux que tu coopères avec lui. Fais table rase de ta rancœur mal placée et épaule-le.

Ou dit autrement : suis-le et protège-le.

Arnaud venait d'avouer à demi-mot que j'étais un cobaye précieux. Cela expliquait le suivi minutieux et gratuit que m'avait offert Thierry, le doc de la Meute. Plus important,

Christophe était-il au courant ? Bien sûr qu'il l'était ! M'avait-il entrainé pendant trois ans pour garder un œil sur moi ? Ou pour se rapprocher de moi ? Peut-être même n'obéissait-il qu'aux ordres d'Arnaud. Plus mystérieux, pourquoi ce dernier avait-il choisi de m'annoncer cela ? Pensait-il que je savais ? Voulait-il instaurer un climat de confiance entre nous trois ?

Eilca, éberluée, acquiesça. Elle paraissait vraiment apprendre la nouvelle.

Qu'Arnaud me manipule était un fait, même si je pensais déjouer certains de ses filets. Ce qui m'importait était Christophe : était-il vraiment mon ami ? Lui seul pourrait me donner la réponse.

L'alpha sortit une grande carte de Paris et ses environs :
- L'aéroport ainsi que le parc départemental Georges-Valbon sont les territoires historiques des Frères de Sang. L'endroit sera bien gardé.
- Les bâtiments d'Unijet devraient se situer dans cette zone, indiqua Eilca de son index. Notre plus grande difficulté sera de nous y rendre sans nous faire repérer. Toute la zone sur dix kilomètres à la ronde est sous la tutelle des Frères de Sang. Ils ont bloqué toutes les routes secondaires et placé des barrages sur les axes principaux. Pour rejoindre l'aéroport depuis Paris en passant par la nationale 2, il faut passer plus de huit contrôles. Et ce n'est pas notre plus gros problème. Ils ont entrainé la population à être leurs yeux et leurs oreilles, ce qui rend toute infiltration difficile. Pour couronner le tout, depuis le début de la guerre, ils font également appel à des sondeurs.

Les sondeurs étaient effectivement un problème majeur. Ces personnes avaient la capacité de lire l'aura magique des êtres et des choses. Les moins bons savaient déterminer quelle magie les personnes leur faisant face pouvaient utiliser, ainsi que repérer les objets et zones magiques. Quant aux meilleurs, ils pouvaient faire le lien entre un sort et son lanceur, de la même manière qu'une empreinte digitale. Bref, il nous serait impossible de nous faire passer pour des humains, même en cachant nos odeurs.

- On peut passer par le métro. Éviter les mines devrait être dans nos cordes, tentai-je.
- Métros, égouts, ils ont tout clos, m'apprit Eilca.
- Ils ne peuvent pas quadriller toute la zone…
- Les points rouges sont les contrôles fixes et les points oranges sont les patrouilles. Ils changent leurs itinéraires tous les jours.

Une centaine de marques rouges annotaient la carte et deux fois plus d'orange.

- On pense que les sondeurs sont répartis sur ce périmètre, mais certains accompagnent des patrouilles…

Je vis un passage possible.

- Pourquoi ne pas nous infiltrer par là, indiquai-je.

Eilca fit la grimace :

- C'est un piège. Des mages et des snipers descendent tout ce qui passe par cette route. Homme, chien, chat, enfant, rat, absolument tout.
- Comment Christophe avait-il prévu de s'y rendre ?
- Il avait trouvé un itinéraire avec seulement un barrage. Un contact devait le laisser passer.
- On peut y pénétrer par les airs…
- Je nous vois mal arriver en montgolfière, m'assena Eilca.

Je fis six autres propositions d'itinéraires, toutes rejetées par la lieutenante. Pièges, bâtiment écroulé, alarmes déclenchées, contrôle à passer… *On fonce dans le tas et puis basta !* Si c'était si simple, nous aurions gagné la guerre depuis longtemps.

- Et si nous attendions la vague tech ?

Arnaud sortit une autre carte, pire que la première. Pour m'achever, Eilca détailla leur arsenal militaire. Ils y gagnaient en vitesse de déplacement, en force de frappe, et en moyens de communication. Nous étions dans l'impasse. Pourtant, il fallait agir vite car la vague magique prenait fin ce soir.

- Je vais trouver une solution pour ce soir ! proclamai-je.

Enfin j'espère.

- Eilca, tu t'occupes des autres préparatifs, intervint Arnaud.

Lorsque je sortis de la maison, mes épaules me semblaient plus lourdes. J'avais moins de quatorze heures pour trouver un moyen de voler…

Je vis Éther, de retour de sa chasse, faire le pitre avec Ned. Le jeune homme mimait ma petite altercation du matin, alors que le félin faisait le brave compagnon. *Au moins il y en a qui s'amusent…*

Chapitre 12

La couleur orange laisse peu de doute quant à l'interprétation : elle correspond aux métamorphes. La couleur ne doit pas être changeante. Le coloris reste identique quelle que soit leur forme. Les particularités du flux persistent également.

Tiré de l'ouvrage « Sondeur : une nouvelle perception».

Éther à mes basques, j'entrai précipitamment dans l'ancienne mairie du cinquième arrondissement, reconvertie en pôle administratif de l'Université Privée de Magie. Nous étions trempés. Mon compagnon s'ébroua. Je ne râlai même pas, j'étais déjà dégoulinant. Nous arrivâmes à l'accueil. Un homme au visage tatoué me salua :

- Vous venez pour une inscription ?
- Je cherche la directrice.
- Avez-vous rendez-vous ?
- Non, mais c'est extrêmement urgent. Dites-lui que c'est Hermorrhage.
- Ce n'est pas commun, c'est votre nom ou votre prénom ?

- C'est juste Hermorrhage.

Il réfléchit un instant.

- Sa secrétaire m'indique qu'elle est en réunion.

Un télépathe !

- Dans ce cas, je vais attendre. Où se trouve son bureau ?
- Au deuxième étage, c'est indiqué. Par contre, les animaux sont interdits, indiqua-t-il à l'attention d'Éther.
- C'est un guide d'aveugle.
- Vous ne me semblez pas aveugle, me fit-il remarquer placidement.
- C'est pour ça que j'aime la magie et ce compagnon. Merci, finis-je en me dirigeant vers l'escalier.

Suivant les petites flèches, nous arrivâmes jusqu'à la secrétaire de Kéra. Cette dernière m'attendait. Elle me présenta un siège et m'aida à m'assoir.

- Merci beaucoup. Savez-vous quand se termine sa réunion ?
- Vers midi.

J'allais encore devoir attendre. Durant deux heures, je réfléchis à des stratégies d'infiltration. J'appris également le nom de Kéra grâce à un écriteau sur sa porte : Richard. Je ne lui aurai jamais donné ce nom : tellement commun, tout l'inverse d'elle. À midi, la secrétaire me laissa seul après s'être inquiétée de ma capacité à me débrouiller seul.

Les minutes passèrent, toujours pas de Kéra. Je me levai pour me dégourdir un peu les jambes. Devant une fenêtre, s'éloignant, je crus reconnaitre sa silhouette. J'ouvris l'ouverture.

- Kéra ! criai-je.

Elle se retourna. C'était bien elle. Je lui fis des signes. Son visage esquissa un petit sourire furtif. Elle me rendit mon geste et rebroussa chemin. Nous nous retrouvâmes dans le hall. Éther lui fit la fête.

- Salut toi, comment vas-tu ? dit-elle en le caressant.
- Bonjour Kéra.
- Bonjour Hermorrhage.
- Désolé de te déranger mais j'aurai bes...
- Montons, me coupa-t-elle.

Elle ouvrit le chemin jusqu'à son bureau. Face à la porte, elle sortit une clé aux reflets étranges puis actionna la serrure.

- Entre.

Des meubles plein à craquer encombraient la pièce. Deux piles de livres trainaient sur son grand bureau, ainsi que plusieurs tas de paperasse. Un écran d'ordinateur, un clavier et une souris complétaient le fourbi ambiant.

- Ne fais pas attention au désordre, dit-elle en refermant la porte.

Les murs, le plafond et le sol se mirent à briller durant une seconde, dévoilant un dessin complexe. Une fois la lueur disparue, les cloisons reprirent une apparence normale.

- Qu'est-ce que c'était ?
- Quoi ?
- La lumière ?! Les dessins ?!
- Oh, mes protections, dit-elle d'un air dégagé.

Des aspérités au sol attirèrent mon attention. Ce dernier semblait être composé d'une seule pièce de marbre, dans lequel un sort était sculpté. Le tracé, riche et dense, disparaissait sous l'ameublement.

- Tu peux parler librement. C'est assurément l'endroit le plus sûr de Paris.
- J'aurais besoin d'un service.
- Pas de problème, je vais voir ce que je peux faire.
- Cela ne concerne pas les démons, précisai-je.
- Je m'en doutais.
- Mais à ce sujet, j'ai récupéré quelques informations. Il est possible que les démons essaient de tirer avantage des morts-vivants du Sous-Paris.
- Qui t'a dit ça ?
- Une connaissance.
- Alors qu'est ce qui t'amènes ? reprit-elle comme si mon information avait peu de valeur.

Toi, tu me caches encore des informations…

- Il faut que je trouve un moyen d'infiltrer le territoire des Frères de Sang. Hélas pour moi, ils ont judicieusement placé leurs barrages. Il est impossible de passer par voie terrestre sans croiser des métamorphes et des sondeurs. Je cherche donc un moyen d'y aller par les airs.

- Connais-tu le mythe d'Icare ?

- Oui.

- Eh bien, il est possible de reproduire ces ailes. Par contre, c'est gourmand en magie.

- S'il faut les alimenter, cela ne conviendra pas. Je te rappelle que je suis un métamorphe.

Sous-entendu : incapable de manipuler la magie, cette dernière étant vampirisée par le VLS.

- Cela peut fonctionner en direct, mais également comme un objet enchanté.

Les objets enchantés avaient de nombreuses applications. Cela passait du simple renforcement à l'acquisition d'effets variés. Dans le second cas, cela fonctionnait comme les appareils électriques portatifs à pile ou à batterie. Ils pouvaient fonctionner en non-stop jusqu'à épuisement de la magie insufflée dans l'objet. L'utilisateur n'avait alors pas besoin d'être un mage.

- Ça serait parfait ! Où peut-on s'en procurer ?

- Tu ne trouveras pas ce genre d'article sur le marché. Il faut le fabriquer.

- Et comment s'y prend-t-on ?

Kéra m'expliqua succinctement : il fallait des jours…

- C'est trop long, il me faut une solution pour ce soir, clarifiai-je, désolé.

Elle réfléchit.

- Je connais quelqu'un qui pourrait avoir un pégase à vendre.
- Un pégase ?
- Un cheval ailé, précisa Kéra.
- Je sais ce que c'est, mais ça existe ?!
- Il y a des choses bien plus étranges…
- Tu penses que ton contact pourrait m'en avoir plusieurs ?
- On parle d'animaux rares, pas de lance-roquettes...

Au pire j'irai seul...

- Et pourquoi veux-tu passer par les airs ? reprit Kéra.
- Pour éviter les sondeurs.
- S'il n'y a que ça, il existe un moyen de camoufler le flux magique.
- Tu veux dire le faire disparaitre ?
- Non, l'altérer.
- Tu pourrais nous faire passer pour autre chose que des métamorphes ?
- Pas moi, mais oui.

* * *

Kéra se proposa de m'amener voir son contact. Roulant, nous sortîmes de Paris sous une pluie battante.

- Où me conduis-tu ?

- Chez Océane. C'est une sorcière, précisa-t-elle.

Chaudrons et potions n'étaient pas ma tasse de thé. Peu de magiciens empruntaient cette voie peu populaire.

- Tu n'es pas obligée de m'accompagner, dis-je.
- Ça me fait plaisir. Et c'est préférable pour toi.
- Pourquoi ?
- Tu verras…

Éther gesticula sur la banquette arrière. J'y jetai un œil. Il avait les oreilles couchées, la tête baissée, et il ne semblait pas trouver de position confortable.

- C'est encore loin ? Je crois qu'Éther est malade.
- Encore cinq minutes.

Elle accéléra en empruntant la départementale D906. À mesure que nous nous éloignions de la capitale, l'état de la route se dégradait. La France était en bien triste état. Nous avions mis beaucoup de temps à nous adapter à l'apparition de la magie. Depuis, le gouvernement était fragile et la démocratie battait de l'aile. Le pays se morcelait peu à peu. Et la résurgence de la royauté n'aidait en rien.

Nous entrâmes dans Clamart, jusqu'au centre-ville. Kéra slaloma entre les débris. À quelques dizaines de mètres de la forêt de Boulogne, tout le quartier était à terre, hormis un bâtiment de trois étages.

Elle se gara au plus près de l'entrée. J'ouvris ma portière. Éther passa alors entre les deux sièges avant, me marcha dessus, puis se précipita dehors.

- Brute !

Posée à terre, à côté de l'entrée, je vis une enseigne en bois représentant un chaudron.

- Ce n'est pas un peu éloigné pour implanter un magasin ?
- Je crois que c'est pour limiter les dégâts en cas d'explosion, m'expliqua Kéra.

Maintenant je savais pourquoi je ne connaissais pas de sorcier : c'était trop dangereux.

- Océane ? cria Kéra.
- Oui ?! lui répondit une voix cristalline venant d'une fenêtre ouverte au dernier étage.
- Tu es occupée ?
- Non, non, tu peux entrer.

Kéra poussa la porte et gravit les premières marches. Je me dépêchai de la suivre pour me mettre à l'abri. Éther hagard, la fourrure terne, préféra rester dehors. Nous montâmes l'escalier jusqu'au troisième étage, débouchant sur un appartement transformé en serre. La grande pièce sentait les fleurs, le potager, la forêt et même le marais. Par endroits, le toit était dégarni de ses tuiles, afin de laisser entrer davantage de luminosité. Au milieu des jardinières, pots, et bacs, j'observai une femme, habillée d'une combinaison de travail verte. Armée d'un sécateur, elle coupait une petite branche d'un arbuste.

- Mlle Triton à votre service, que puis-je pour vous ? dit-elle en se tournant vers nous avec un large sourire.

Le visage de la sorcière était digne d'un top-modèle de vingt ans : une peau lisse et lumineuse, un nez fin mais pas trop, une bouche fine et sexy et des yeux joyeux légèrement bridés soulignant son métissage. Quant à ses longs cheveux noirs, ils sentaient la pêche.

- Salut Océane, mon ami aurait besoin de tes services, répondit Kéra.
- Tes amis sont mes amis. Que lui faut-il ? dit-elle vivement.
- Il faudrait altérer son aura.
- La mienne et celle d'autres personnes, précisai-je.

Océane me détailla, puis reprit de bon train :
- Allons parler de cela autour d'un thé.

Nous descendîmes dare-dare au rez-de-chaussée où elle nous fit entrer dans son appartement. Je fus surpris par le mobilier et la décoration moderne, très métallique. Elle nous installa dans un grand fauteuil trônant devant une table basse et un immense écran plat. Elle disparut un moment dans la cuisine, puis en revint avec trois tasses pleines d'un liquide marron. Elle les déposa hâtivement devant chacun de nous.

- Aurais-tu du sucre ? demanda Kéra.
- Bien sûr.

Océane repartit aussi sec. D'un mouvement, Kéra interchangea ma tasse avec celle de la sorcière. Je fronçai les sourcils d'interrogation. Elle me fit signe de ne rien laisser paraitre. Océane réapparut.

- Et voilà le sucre, dit-elle en s'asseyant. Alors cette commande s'adresse à combien de personnes ?
- Cinq ou six, estimai-je.
- Tous magiquement actifs ?
- Oui.
- On va commencer par vous : quelle magie pratiquez-vous ? enchaina-t-elle.

La sorcière porta sa tasse à sa bouche, marqua un temps d'arrêt, puis recracha.

- Kéra ! râla-t-elle. Je ne lui aurais fait aucun mal…
- Il n'a pas le temps, il est pressé.
- Qu'est-ce que vous vouliez me faire boire ?
- Rien de bien méchant, écarta-t-elle d'une main désinvolte. Alors, votre magie ?

Rien de bien méchant ?! Et une patte dans ta tête, ça serait comment ?

- Je suis un métamorphe.
- Oh, je comprends mieux l'intérêt. Les autres personnes également ?
- Oui.
- Six doses, six mille euros. J'accepte aussi les francs et les louis d'or.

J'espère qu'Arnaud pourra payer…

- Océane… Trois mille me semble plus raisonnable, négocia Kéra.

- C'est qui le client ? Lui ou toi ? contesta prestement la sorcière.
- Lui, mais c'est moi qui te l'amène. Je ne peux pas te laisser l'arnaquer comme ça.
- Regarde pour quoi tu me fais passer… Cinq mille.
- Trois mille cinq cents.
- Quatre mille cinq cents, renchérit Océane promptement.
- À ce prix, on veut la potion pour ce soir !

La jeune femme réfléchit.

- D'accord, mais je veux être payée d'avance.
- Cela ne va… essayai-je de placer.
- C'est d'accord, me coupa Kéra.

Comment ça, c'est d'accord ?

Elle posa la somme sur la table. Océane récupéra l'argent :
- Affaire conclue !

Vous me direz quand vous aurez fini ?!

Soudain, la sorcière nous mit dehors pour travailler. La pluie avait cessé.

- On peut lui faire confiance ? doutai-je.
- Elle préparera la potion. Nous avons quelques heures à attendre. Ça te dit d'aller manger un morceau ?
- Qu'a-t-elle essayé de me faire boire ?
- Je ne sais pas. Elixir de vérité, charme d'amour, somnifère, ou une de ses nouvelles trouvailles... La liste est trop longue.

Je n'étais pas du tout rassuré.

- La Meute te remboursera, l'informai-je.
- Tu me rembourseras.

Ok, je demanderai à la Meute de me rembourser, pour te rembourser… Pourquoi faire simple ?

* * *

Nous dûmes retourner sur Paris pour trouver de quoi manger. Notre premier choix fut un restaurant, mais ils refusèrent de nous laisser entrer à cause d'Éther. Nous dûmes nous rabattre sur un camion à pizza, avant de trouver un petit parc. Assis sur un banc humide, j'ouvris ma boîte. Malgré le triple supplément viande, j'étais sur ma faim avant même d'avoir commencé.

- Bon appétit, me lança Kéra.
- Bon ap' et merci pour tout : le repas et ton aide.
- De rien.

Nous mangeâmes, bercés par le chant des oiseaux. Cette averse avait bien rafraichi l'air, et le retour du soleil au loin nous fit profiter d'un arc-en-ciel.

- Qu'as-tu prévu de faire avec cette potion ?
- Sauver un ami.
- Tu sais que les potions se périment à la première vague tech ?
- Oui.
- Vous avez prévu d'y aller ce soir, n'est-ce pas ?

- Oui.
- Vous avez un plan ?
- Maintenant oui.
- Tu viendrais me sauver si j'étais en danger ?

La question me déstabilisa.

- Oui, pourquoi ?
- Oh, comme ça…, dit-elle dans le vague.

Son visage se ferma. Ma parole dépassa mes pensées :
- Combien as-tu d'amis ?
- Un, dit-elle avec un sourire forcé.

Outch. Moi qui pensais détenir la palme…

- Avec moi ça fait deux ! positivai-je.
- C'est toi le un, dit-elle.
- De la famille ?
- J'ai un père.

Vu le ton employé, cela ne devait pas être la joie.

- Je ne suis pas le mieux placé pour te dire comment faire. Mais dès que nous en aurons terminé avec les démons, il faudra changer un peu tes habitudes…, émis-je.
- Je ne préfère pas.
- Pourquoi ?
- Ma vie est dangereuse, affirma Kéra.

D'un autre côté tu cours après des démons…

- La vie de tout le monde est devenue dangereuse…

- Tu ne comprends pas…, estima-t-elle.

- J'étais humain avant de devenir métamorphe, me confiai-je. Mes premiers pas dans leur monde ont été difficiles. Encore maintenant, la majorité de leurs réactions m'échappent, et j'apprends toujours comment interagir avec eux. Mais sans mes amis, je ne serais pas là où j'en suis. Tout ça pour te dire que les amis rendent plus fort, et pas l'inverse.

Un silence s'installa.

- Et toi, tu as de la famille ? me questionna-t-elle.

- Une petite sœur et un grand frère.

- Tu es proche d'eux ?

- Je l'étais. C'est un peu plus compliqué en ce moment.

- J'aurais aimé avoir un frère ou une sœur… dit-elle tristement envieuse.

Il était temps de casser cette ambiance.

- Le passé est le passé. Il faut se concentrer sur le présent. Et pour remonter le moral, j'ai un remède imparable !

Elle me regarda, interrogative.

- Cela s'appelle la méthode Éther. Viens mon grand, l'interpelai-je.

Il rappliqua à la vitesse de la lumière.

- Il faudrait que tu montres à Kéra ton attaque spéciale réveil.

Il inclina la tête, incertain.

- Depuis quand tu te fais prier ?! dis-je en le caressant énergiquement pour l'inciter à jouer.

Cela prit. Très rapidement, il se mit à remuer la queue et à m'esquiver. Ni une, ni deux, il me sauta dessus. Les deux pattes avant sur mes épaules, il m'assaillit de coups de langue.

- Non ! Pas sur moi, sur Kéra ! déplorai-je.

Cette dernière étouffa un rire, visiblement amusée.

Chapitre 13

Le Nyx est un félin ailé mesurant rarement plus de 1 m au garrot, pour une longueur maximale de 3,5 m (queue comprise). Son envergure est comprise entre 5 et 6 mètres. Son poids varie de 30 à 50 kg.

Les nyx sont des créatures magiques rares et encore peu connues. Ils manipulent instinctivement différentes formes de magie (variable selon les individus).

Ce nouveau félin est classé comme un Nouvel Animal Magique (NAM). Il dispose d'une intelligence extrêmement développée. Dans de nombreux pays comme la Suisse, les Nyx ont droit à la citoyenneté au même titre que les dragons.

Encyclopédie de la nouvelle faune.

- Il est hors de question qu'elle nous accompagne ! protesta Eilca.

- Pour quelle raison ? demandai-je.

- Je ne la connais pas et ce n'est pas une métamorphe.

- Sans Kéra je n'aurais pas vaincu les Mercoeur, j'ai confiance en elle. De plus, c'est une spécialiste en magie, ce qui est un atout considérable pour notre mission.

- J'en ai rien à faire !

Ça c'est de l'argument...

- Ce n'est pas grave, j'irai seul avec Kéra. Nous serons plus discrets, rétorquai-je.
- Kéra, êtes-vous consciente des risques que vous prenez ? intervint Arnaud.
- Oui, répondit l'intéressée.
- Dans ce cas, elle vous accompagne. Hermorrhage, tu prends la direction des opérations.

Yes !

- Eilca, tu veilles à sa sécurité, rajouta-t-il.

Et merde...

Grâce à la potion d'Océane, le plan était simple : passer à la barbe des Frères de Sang en empruntant l'artère principale.

Notre groupe était composé de cinq personnes : Eilca, Kéra, Enzo et Robin, deux loups de la Meute, ainsi que moi. Une seconde escadrille de renforts, regroupant sept loups, devait se rendre à la limite du territoire ennemi, prête à agir.

Je dus subir un petit relooking, ainsi qu'Eilca, pour éviter que l'on nous reconnaisse. Nous étions chiquement habillés, loin de nos habituels t-shirt et short.

Nous quittâmes le territoire de la meute à pied par un chemin détourné. Nous sortîmes de la forêt de Boulogne trois cents mètres avant l'arc de triomphe. Ensuite, nous prîmes plusieurs petites ruelles afin de rejoindre le huitième arrondissement où devait nous attendre une voiture.

Soudain, alors que nous nous engagions dans la rue d'Artois, nous entendîmes des osselets. Le bruit s'amplifia rapidement. Les cloches d'os suspendu à certains bâtiments furent actionnées tour à tour par les habitants, telle une vague. L'alarme se propagea dans toute la zone, faisant paniquer les Parisiens. Les passants se mirent immédiatement à l'abri dans le plus proche bâtiment. Les volets furent claqués, les portes verrouillées et les barrières magiques renforcées.

Une petite sortie de squelettes et il n'y a plus personne…

La voiture était proche. Je me mis à courir, les autres me suivirent. On nous interpella à plusieurs reprises, nous invitant à nous mettre à l'abri. Je les ignorai. Puis les premiers squelettes apparurent. Le sol trembla, nous obligeant à nous arrêter pour garder l'équilibre. À soixante mètres, une centaine de squelettes venaient dans notre direction.

Je n'ai pas de temps à perdre avec vous !

Je m'apprêtais à bifurquer pour les éviter quand une troupe de soldats royaux émergèrent de la rue perpendiculaire. Deux soldats vinrent immédiatement à notre rencontre afin de nous mettre à l'abri. *Nous n'avons pas besoin de vous !*

Ils nous obligèrent à reculer alors que le reste du peloton rejoignait les squelettes. *Reste zen...*La terre remua à nouveau, plus faiblement. Plus loin, le combat débuta. Un porteur de bouclier nous hurla de partir. Un énorme craquement se fit entendre, suivi d'une puissante secousse qui nous fit tous tomber. Cent mètres plus loin, un immeuble s'écroula en partie. Dans la poussière apparut alors le béhémot des catacombes. L'immense ver, dressé droit vers le ciel à plus de vingt mètres du sol, bascula vers nous pulvérisant dans sa chute un immeuble de quatre étages. Il disparut dans un nuage gris.

Nous nous relevâmes alors que le flux de squelette se transformait en marée. Cependant, la troupe de soldats ne recula pas et stoppa même leur avancée. Avec une efficacité implacable, ils réduisirent les squelettes en miettes. Puis le béhémot réapparut au bout de la rue. Plus de six mètres de diamètre, il dépassait le second étage des bâtiments et prenait toute la largeur de la rue. D'un tressaillement de son corps, il coupa un bâtiment par le bas, le faisant s'écrouler sur lui. J'entendis des cris éphémères. L'immense amalgame d'os se mit en mouvement droit vers nous. Je fis demi-tour, me préparant à fuir.

Avec de la chance les soldats le retiendront un peu.

Kéra décida au contraire d'aller à sa rencontre.

Mais qu'est-ce que... Cette femme est tarée !

Les deux soldats voulant nous mettre à l'abri restèrent immobiles, toujours sous le choc de l'apparition du béhémot.

- Allez-vous mettre à l'abri, ordonnai-je aux loups.
- Que vas-tu faire ? me demanda Eilca.

Sans lui répondre, je rejoignis Kéra.

- Que comptes-tu accomplir ? lui adressai-je.
- Le détruire, ou au moins le retenir, me dit Kéra.

Facile...

Le monstre qui nous faisait face avait déjà dévasté une partie de Paris plus de vingt ans auparavant. On le disait même vaincu. Pourtant il y avait trois ans, je l'avais croisé dans le Sous-Paris. Aujourd'hui, la monstruosité était bien plus grande que dans les descriptions que j'avais lues, et plus imposante que lors de notre première rencontre. Les mages du peloton lancèrent une salve de sorts offensifs, carbonisant quelques os.

- Comment s'y prend-t-on ?
- Je ne sais pas, m'avoua-t-elle.

Pas très encourageant tout ça. Je sortis Pimprenelle.

- Je l'occupe, tu trouves une solution ! proposai-je.
- Ok.

Je pris ma forme de loup-garou.

La première ligne de soldats dressa à l'unisson leurs boucliers, faisant apparaitre un mur magique devant eux. Le béhémot heurta leur magie défensive lorsque nous rattrapâmes le peloton. Le bouclier vibra sous la pression. Des dizaines de tentacules d'os, armées de mâchoires, vinrent frapper la barrière. Je dépassai rapidement les soldats et bondis sur l'officier. Un tentacule d'un mètre de diamètre s'enfonça dans le sol où se trouvait le capitaine un instant plus tôt. Leur défense était brisée. Je me relevai. Les sorts fusèrent. Le béhémot attaqua. Ses membres longs de plusieurs mètres tranchèrent deux mages. Un appendice fila vers l'officier. J'abattis ma claymore, sectionnant l'amas osseux. Le soldat se releva, me fixa une seconde, avant de reprendre ses esprits. Il ordonna le repli.

Le gros tentacule revint vers moi. Je l'esquivai, et tranchai deux plus petits avant qu'ils ne m'atteignent. Le ver actionna ses rangés d'os lui servant de locomotion, à la manière d'un mille-pattes.

Je faisais face à un mur d'ossements, de chitine et de dents en mouvement. L'abomination était composée aussi bien d'humains que d'animaux. Je dus reculer. L'un de ses bras constitué de dizaines de mâchoires m'attaqua à nouveau. Je l'évitai. Passant à côté de ma tête, j'entendis les dents s'entrechoquer.

Il fallait que je trouve son cœur, la lueur rouge l'animant. Rangeant Pimprenelle dans mon dos, je pus ensuite sauter sur l'une des façades. Accroché au rebord d'une fenêtre, je pris appui sur mes pattes postérieures et me propulsai sur le dos du béhémot. Je jetai un regard dans la rue. Une quinzaine de soldats étaient morts, le reste tentait de fuir tout en subissant l'assaut des tentacules se reconstituant inlassablement. Eilca et les autres avaient rejoint la bataille. Je vis Kéra, en armure grise, subir un assaut qui n'eut aucun effet, bloqué par le bouclier magique l'enveloppant.

Une douleur me perfora le mollet. Un fin tentacule finissant par un os saillant venait de m'empaler. Je le saisis et le déboitai. Je commençai à marcher sur son dos, à la recherche de son point faible. C'est alors que je me rendis compte de la taille improbable du béhémot. Quatre-vingts mètres plus loin, son corps disparaissait dans le bitume éventré.

Cinq appendices apparurent, mettant un terme à mon effarement. J'esquivai les trois premières attaques. L'un de ses bras passa devant ma gueule, je le saisis et le sectionnai d'un coup de crocs. Hélas, je ne vis pas le cinquième tentacule : une de ses mâchoires m'arracha fourrure et chair au niveau de mon côté gauche. Je saisis ma claymore. Profitant d'une allonge supplémentaire, je réussis à contrer les assauts suivants. Puis d'autres tentacules émergèrent. Je coupai, tranchai, mordis sans relâche, laissant des bouts de tentacules osseux inanimés par dizaines. J'enchainai les passes d'armes, jusqu'à ce que ma claymore se fige dans un membre plus dense que les autres. Alors que l'appendice s'éloignait, je tirai sur Pimprenelle pour la déloger. Elle se brisa. Je fus alors submergé de tous les côtés. De nouveaux membres issus des flancs m'attaquèrent les jambes. Il y en avait partout : derrière, devant, même au-dessus de moi. Le corps du béhémot fit une vague, ce qui me renversa. À plat ventre, la tête face à son dos, je distinguai dans les méandres d'os constituant la créature, une lueur rouge en son centre, comme une colonne vertébrale. Mon dos et ma jambe droite furent l'objet d'attaques. J'essayai de me relever :

impossible. Plusieurs tentacules m'avaient enlacé et me maintenaient contre son dos. Je sentis des dents creuser mes chairs. Je me débattis. En vain. Je poussai sur mes bras, criant sous l'effort. Je réussis à soulever mon corps de vingt centimètres, puis une masse vint me plaquer, définitivement.

Bats-toi ! rugit quelque chose en moi.
Si je pouvais…

Je sentis une mâchoire ronger l'un de mes tibias. Quelque chose tira sur ma fesse droite, mes tissus se déchirèrent, emportés. Je sentis des dizaines de lacérations. Le VLS tentait de me régénérer, incapable de suivre la cadence des blessures. Comprimé par le poids, trois de mes côtes se fracturèrent. Mon œil gauche fut traversé par un petit os. C'était la fin. La douleur devint abstraite, mes sens se troublèrent.

Un flash m'éblouit et un choc électrique traversa mon corps meurtri. Cela me ragaillardit. Les attaques cessèrent. La pression des tentacules se desserra. Je sentis quelque chose gratter le mont d'appendices squelettiques me recouvrant. Éther apparut alors, comme un secouriste d'avalanche. Il continua de creuser. Je réussis à dégager mes bras. Rampant, j'essayai de me dégager. Éther me saisit le poignet pour me tirer. N'ayant que peu de résultats, il partit agrandir son trou. Soudain, il disparut dans un gémissement. J'entendis Kéra crier mon nom. Je fis un dernier effort, me dégageant enfin. Huit tentacules, comme des pattes d'araignée, terminant toutes par un fémur tranchant, émergèrent du monstre. Encerclé, je ne fus pas assez rapide pour les esquiver. Simultanément, je fus transpercé de part en part à huit reprises. Intestins, poumons et cœur furent perforés.

Le néant s'ouvrit sous mes pieds.

- NON ! Bats-toi stupide humain.

Chapitre 14

For intérieur, âme, esprit ? Je ne saurais le dire.

Hermorrhage.

- NON ! Bats-toi stupide humain.

Stupide, stupide, t'es qui pour me parler comme ça ?!

Face à moi, derrière d'immenses barreaux : un démon.
Mais pas n'importe lequel : huit cornes sur le haut du
crâne, deux autres au niveau de sa nuque partant en arrière.
Dressé là se trouvait le démon qui avait voulu nous tuer,
Kéra et moi.
Ses quatre mains tenant les barreaux, il les secoua
furieusement, faisant vibrer le lieu.

- Libère-moi ! rugit-il.

Plus loin, Loup et Tigre répondirent à sa rage.

- Je ne veux pas disparaitre avec toi ! Relâche-moi ! hurla-
t-il à nouveau.

Ses deux queues tentèrent de m'atteindre. La plus fine se terminant par un dard de scorpion fut trop courte, mais je dus éviter la plus longue en reculant de deux mètres.

Raté ! Dooommage !

- Même si je le pouvais, je ne relâcherais pas un démon tel que toi, dis-je avec mépris.
- Tu vas tous nous emporter dans la mort ! vociféra-t-il.
- C'est ce que tous les démons de bas étage, tels que toi, méritent.
- Je suis Kuppit, seigneur des septièmes terres de Gïaï ! contra-t-il hautain.

Oula, ça à l'air impressionnant.

- Seigneur ou pas, tu restes prisonnier...

La lumière du lieu faiblit, tel un néon clignotant. Je mis un genou à terre, faiblard. Kuppit hurla, hurla, tout en s'acharnant sur les barres métalliques.

Soudain, il se calma :
- Libère-moi et je te sauverai.

Paris en avait déjà assez d'un béhémot.

- Jamais.

Il perdit contenance et feula. Il tenta de passer sa grosse tête de panthère-garou entre les barreaux, avant de les mordre à pleine dents.

Au moins, ma mort servirait à quelque chose ! Dommage, ma vie commençait à être plaisante : une meute sympathique, même si je ne me l'avouai pas, un compagnon félin rigolo… Je pense que j'aurais même pu recoller les morceaux avec ma famille.

- Dans ce cas, lutte ! m'ordonna Kuppit désespéré.

Le noir envahit l'espace pendant plusieurs secondes.

Je pensai à Kéra. J'avais encore tellement à découvrir et à partager… Je fus brusquement transporté face à une autre cellule. Enfermés, des joies et des bonheurs jamais ressentis étaient circonscrits. Je sentis les plaisirs de certains Noël, lorsque j'étais enfant. Mais également la liesse et la fierté, jamais exprimées, d'avoir réussi à décrocher mon stage chez les métamorphes. Plus récent, mon intérêt méconnu et pourtant grandissant pour Kéra.

Trop faibles, mes jambes cédèrent. Je m'accrochai aux barreaux. J'essayai de les ouvrir, mais je n'en eus pas la force. Je tendis la main à travers, essayant d'attraper l'insaisissable émotion. Je ressentis mon attachement familial pour ma sœur et mon frère, plus fort que jamais, indéfectible. J'éprouvai pour la première fois une affection passionnée…

La grille s'ouvrit violemment, m'envoyant valdinguer à terre. J'étais mortellement blessé, je le savais. J'imaginai mon corps physique se vidant de mon sang. Mais si je pouvais emporter le béhémot avec moi, il n'y avait pas à hésiter.

Peut-être se souviendrait-on de moi pour cela, me surpris-je à penser.

Une lueur rougeâtre commença à se former au cœur de la prison, puis disparut brutalement. Je me sentis longuement tomber.

Allongé au sol, mourant, je distinguai pour la dernière fois Loup, Tigre et Kuppit. Alors que la lumière ambiante déclinait, une aura vint m'entourer. Elle semblait bienveillante. Elle sentait Kéra, d'une certaine manière. Je vis la magie attirée dans la prison grande ouverte, tel un filament doré, ondulant de moi à la cellule. Malgré cela, l'obscurité continua d'envahir l'endroit. Le flux de magie augmenta, pour n'être que plus encore aspiré par la prison.

- Arrête d'annuler mon sort ! résonna une voix féminine.

Étrangement, je me mis à me traîner, centimètre par centimètre. Quand j'atteignis enfin la grille, je rassemblai toutes mes forces restantes pour tenter de la refermer.

Le noir total m'engloutit.

Chapitre 15

[images montrant des équipes de secours dans les décombres]
Hier, un immense ver d'os a émergé dans le 8ᵉ
arrondissement de Paris. En moins de 5 minutes, ce
nouveau béhémot a rasé des immeubles entiers. Le dernier
état des lieux fait part de soixante-deux morts et plus de
deux cents blessés. Et ce bilan devrait s'alourdir dans les
heures qui viennent. Pourtant, nous avons évité le pire. En
effet, l'intervention rapide d'une escouade de la royauté,
et selon certains témoins, de métamorphes, a permis de
faire rebrousser chemin au monstre. La STPM a annoncé
prendre toutes les mesures nécessaires pour traiter ce mal
au plus vite.

Journal télévisé du lendemain

Mon corps était douloureux, comme roué de coups.
J'ouvris les yeux lentement. Les paupières de mon œil
gauche collèrent un peu. Alors que je pensais être à moitié
aveugle, ce n'était pas le cas.
J'étais allongé sur le dos.

- Il se réveille, annonça quelqu'un.

Kéra apparut au-dessus de moi, comme un soleil. En me voyant éveillé, ses traits se détendirent légèrement. Elle semblait un peu fatiguée. Ses sublimes yeux verts clairs absorbèrent mon attention. Mon cœur s'emballa, réchauffant mon corps. Son regard était agité, inquiet et incertain. L'espace d'un instant, elle me parut secouée.

- Comment vas-tu ? me demanda-t-elle, en reprenant son masque de mercenaire professionnelle.

Je ne répondis pas. Elle se pencha alors vers moi pour m'ausculter. Je relevai rapidement la tête, pour déposer sur ses lèvres un léger baiser. Surprise, elle se redressa. Je fermai les yeux, me préparant à une gifle, ou pire, un coup de Katana. *Mais qu'est-ce qui m'a pris ?!* Rien ne vint. J'entrouvris un œil. Elle était figée, un regard incrédule et confus posé sur moi.

- Vous croyez que c'est le moment ? intervint Eilca.

Pourquoi pas ? J'ai failli mourir !

Kéra s'éloigna sans un mot. Nous étions dans un salon. J'étais allongé sur un canapé. Enzo et Robin se tenaient respectivement proches de la porte d'entrée et d'une fenêtre. La vue m'apprit que nous étions dans un appartement à un étage.

- Quel jour est-on ? demandai-je, confus.
- Comment ça, quel jour est-on ? répéta la lieutenante.

- J'ai dormi combien de temps ?
- Une demi-heure !

Impossible ! Et d'ailleurs comment pouvais-je encore être vivant ? Éther apparut soudain, tout content. Il colla son museau contre ma joue. Je lui caressai lentement la tête.

- Merci du coup de main mon grand, dis-je en découvrant sa blessure à l'aile.

Je détaillai les autres, mais mis à part quelques taches de sang, personne d'autre ne semblait blessé.

- Que s'est-il passé ? demandai-je.
- Outre le fait que tu nous as tous mis en danger ? s'énerva Eilca. Tu as été blessé, puis récupéré, lorsque le béhémot a décidé de faire demi-tour. Encore une chance que tes blessures aient été superficielles.

Superficielles ?! Apparemment, je n'avais pas la même définition. Je me redressai pour m'assoir. Quelques-uns de mes muscles protestèrent, comme courbaturés. J'étais couvert de sang séché. Comme le béhémot avait la chance de ne pas en avoir, c'était le mien. Je tirai doucement sur le restant de chemise collée sur mon torse. Je me préparai à découvrir la blessure qui aurait dû me tuer. Kéra revint vers moi.

- Tu as eu beaucoup de chance. Tes blessures étaient moins graves qu'il n'y paraissait, dit-elle en prenant le relais.

Elle évita mon regard et commença par m'ôter la chemise. La chaleur de la pièce fut soudain plus élevée. Alors que j'étais désorienté d'éprouver autant d'intérêt pour elle, Kéra agit comme si rien ne s'était passé.

- J'ai été transpercé, insistai-je, faussement détaché.
- Oui, et tu as eu beaucoup de chance, insista Kéra de manière prononcée.

Quelque chose n'allait pas. J'étais certain que mon cœur, mes poumons, mes intestins, mon estomac, ma rate et je ne sais combien d'autres organes avaient été touchés. Ma régénération n'aurait jamais pu me sauver. Et même les meilleurs soins magiques étaient incapables de soigner un cœur transpercé aussi rapidement. Selon mes connaissances, la magie permettait d'accélérer le processus de guérison, de soigner les petites plaies... Est-ce que la combinaison de la régénération métamorphe et de la magie de soin pouvait expliquer un tel rétablissement ?
Torse nu, Kéra m'examina quelques secondes. Entre le sang coagulé, je ne vis aucune marque : pas de peau rose nouvellement régénérée, pas de trou, pas de cicatrice... À se demander si je n'avais pas rêvé...

J'ouvris la bouche. Kéra me coupa, s'adressant à quelqu'un derrière moi :
- Comme je le disais : ses points vitaux n'ont pas été touchés.

Eilca l'observa, méfiante.

- Dans ce cas, rentrons, dit-elle.

- Comment ça ?! Il faut continuer la mission ! intervins-je.
- Il en est hors de question ! Tu es blessé.
- Je n'ai rien ! m'exclamai-je en me levant.

J'eus un petit vertige. Elle le remarqua.

- On rentre ! ordonna-t-elle à nouveau.
- Tu as raison : vous pouvez rentrer, concédai-je.

Eilca comprit immédiatement la nuance :
- Tu rentres avec nous !
- Non.
- Si ! s'exclama-t-elle.

Tu me fatigues.

- La salle de bains est de quel côté ?

Enzo m'indiqua un couloir, que j'empruntai aussitôt. Je pris une bonne douche chaude. Il fallut un bon moment avant que l'eau à mes pieds ne retrouve sa transparence. Je parcourus chaque centimètre carré de peau à la recherche d'une trace quelconque. Je n'avais aucun stigmate du combat que je venais de livrer. Par contre, j'étais fatigué et mes muscles étaient endoloris.

Lorsque j'en eus fini, un tas de vêtements chics m'attendait. Je rejoignis le salon. Tout le monde était prêt. Tous avaient changé de vêtements et s'étaient refaits une beauté. Les loups avaient abusé sur les parfums. Eilca sentait la vanille à m'en faire mal à la tête, Enzo avait utilisé une essence hyper-musquée et Robin sentait la rose. Le mélange des trois était horrible.

- La voiture est juste en bas, m'apprit Eilca.
- Parfait, allons-y ! Mon petit Éther, tu restes ici !

Il fit sa tête de martyrisé.

- Je ne suis pas sûr que tu puisses voler et tu pourrais nous faire repérer, expliquai-je.

En sortant, appuyée contre le mur de l'entrée, je découvris Pimprenelle dans son fourreau. Je la sortis. Elle était brisée trente centimètres après la garde.

Pfff, elle n'a pas tenu deux mois…

* * *

Contourner la zone détruite par le béhémot et l'agitation s'y trouvant fut facile, rejoindre le 19e arrondissement également. Nous venions à peine de nous engager sur l'avenue de Flandre que nous nous retrouvâmes à faire la queue derrière une calèche. Kéra avait pris le volant de la Mercedes M. C'était une voiture spacieuse, mais ayant le défaut de ne fonctionner qu'en phase magique. J'étais à la place du mort, alors que les trois loups étaient à l'arrière.

- Vous ne trouvez pas que cet été est très chaud ? tentai-je.

Aucune réponse. Je me retournai vers eux. *Allez un petit effort, les gens parlent en voiture, ils ne sont pas stressés comme s'ils entraient en territoire ennemi.*

- La pluie de ce matin a fait un bien fou, relançai-je.

- Cela faisait combien de temps qu'il n'avait pas plu ? intervint Kéra.

- Au moins cinq semaines, répondit Robin.

Quand vint notre tour de passer, nous étions en plein débat météorologique. Un homme avec une épée sur le côté vint saluer Kéra. Il nous détailla rapidement alors que trois autres gardes se tenaient en retrait. Sans en demander plus, il nous laissa circuler.

Nous fîmes encore illusion de notre discussion le temps de nous éloigner un peu. Puis un silence pesant s'installa. Nous étions maintenant sur le territoire des Frères de Sang.

La zone était dans un sale état. Les deux tiers des bâtiments étaient à terre ou grignoté, et le reste menaçait de s'effondrer. Nous n'avions pas fait deux cents mètres que d'autres barrières se dressèrent sur notre chemin. Un mirador en bois était érigé sur le côté, comptant deux arbalétriers. Deux personnes s'occupaient de faire le tour des véhicules, tandis que deux autres, dont une jeune fille, restaient en observateur. La demoiselle devait avoir douze ans, quatorze tout au plus, sûrement une sondeuse. Il nous fallut patienter plus longtemps, ce qui fit monter la pression.

Le véhicule devant nous franchit l'arrêt. C'était à nous.
Une femme vint taper sur la portière. Kéra ouvrit la fenêtre. La garde recula en sentant l'odeur prenante des parfums.

- Je ne vous connais pas. Que venez-vous faire par ici ? lança-t-elle, inamicale.

194

- Nous sommes invités à un anniversaire, répondit Kéra.

De l'autre côté de notre voiture, un garde se pencha pour m'examiner à travers la vitre. Je gardai mon regard sur l'interlocutrice de Kéra.

- Où ça ?
- À Drancy.
- Chez qui ?
- Monsieur et Madame Tallon.

Mon examinateur passa aux loups de la Meute. Je priai pour qu'ils ne reconnaissent aucun d'entre nous.

- Ouvrez votre coffre.

Kéra actionna la manette d'ouverture du coffre, puis ouvrit sa portière. La femme la lui referma avec force.
- Vous, vous restez là.

S'ils tombent sur ma claymore, la mission sera un échec. Par ma faute, en plus. Pourquoi l'ai-je prise ? L'autre garde ouvrit le coffre. Il sortit deux sacs avec des cadeaux à l'intérieur.

- Qu'est-ce que c'est ?
- Des cadeaux pour notre amie.

Il déchira deux emballages pour s'en assurer. Il découvrit un jeu de verres magiques aux couleurs changeantes, et une petite robe d'été. Eilca avait bien préparé notre infiltration, il n'y avait pas à dire. Il jeta les sacs dans le coffre sans ménagement avant de le claquer.

- Cette zone est soumise à un couvre-feu, reprit la garde.
- Oui, notre amie nous en a informé. Nous serons partis avant vingt-deux heures, dit Kéra.
- Dans ce cas, libérez le passage.

Je me détendis. Heureusement, il n'avait pas regardé sous le plancher du coffre ! L'excellente nouvelle était que la potion fonctionnait, et elle n'avait pour le moment, aucun effet indésirable.

Plus nous remontions la grande voie, plus la pauvreté était frappante. Cela faisait longtemps que ce quartier était abandonné par la police et la STPM. Je pouvais comprendre que la population soit prête à coopérer avec des métamorphes pour un peu de sécurité.

Le soleil déclinait franchement lorsque nous arrivâmes au barrage de la Porte de la Villette. Une douzaine d'hommes et de femmes en armes arpentaient le lieu. Plusieurs étaient placés sur le pont, dont deux loups. Leur position était idéale, autant pour nous voir arriver, que pour nous attaquer si besoin. Des barrières anti-véhicules mobiles barraient la route, impossibles à forcer sans détruire notre moyen de locomotion. Pour couronner le tout, des mitrailleuses lourdes étaient pointées dans notre direction, ainsi que quatre scorpions, des arbalètes géantes. Dans le sens inverse, de l'autre côté du tunnel formé par le pont, le même manège avait lieu.

Nous étions à l'arrêt. Face aux barrières, plusieurs Frères de Sang nous regardaient. Nous n'en menions pas large. Nous étions tous silencieux quand un garde contraignit un aveugle à s'approcher de nous. Ce dernier fit un non de la tête. On nous laissa passer.

Les barrages suivants furent moins impressionnants mais tout aussi dangereux. Ils semblaient même avertis de notre arrivée. La Meute avait vu juste, les Frères de Sang avaient engagé des télépathes. Ils sécurisaient une zone tellement plus vaste que celle de l'Alliance, c'était impressionnant.

- Nicolas, tu devrais boire, dit Kéra, alarmée.

Chacun de nous avait un nom et prénom d'emprunt, le temps de la mission. Nicolas était le mien.

- Je n'ai pas soif, répondis-je, sans vraiment comprendre.
- Si ! appuya-t-elle.

Nous étions encore à l'arrêt devant un cavalier et un cycliste. J'observai Kéra. Ses pupilles étaient anormalement fendues. Elle ouvrit la boîte à gants et prit la gourde contenant le reste de potion. Elle me la mit entre les mains.

- Finis-la !

Je m'exécutai, buvant la dernière gorgée.

Le barrage passé, je rompis mon propre ordre de ne parler de rien d'autre que de banalités.

- Pourquoi ? dis-je à voix basse.

- L'effet s'estompait sur toi, m'apprit-elle.

- Que moi ?

Elle jeta un coup d'œil dans son rétroviseur.

- Oui.

Comment savait-elle cela ? Où s'arrêtaient ses ressources ? Comment pouvait-elle être aussi belle ? Autant de questions qu'il me fallait garder pour le moment.

Nous arrivâmes enfin à notre première destination. Kéra se gara à l'abri des regards. À partir d'ici, il nous restait encore trois kilomètres à parcourir. Eilca avait jugé que s'approcher davantage en voiture, même sous l'effet de la potion, aurait pu éveiller leurs soupçons. Ainsi, nous avions trouvé un chemin pour éviter les derniers points de contrôle. Nous devions donc simplement éviter de croiser quiconque, et surtout les patrouilles.

Nous prîmes les cadeaux, ils pourraient encore nous servir d'excuse ou de diversion. Je sortis Pimprenelle, enfin ce qu'il en restait, et l'enroulai dans une veste. Puis nous abandonnâmes notre véhicule.

Le soleil commençait à disparaitre à l'horizon. Jouant avec les ombres et les gravats, nous prîmes la direction du Nord-Est. Le quartier était calme. Ce qui nous arrangeait, car sans notre odorat, nous ne pouvions compter que sur notre ouïe pour éviter de tomber nez à nez avec des Frères de Sang. Nous longions le plus souvent les bâtiments encore debout, rasant les murs. Beaucoup d'immeubles sains semblaient encore habités, à en croire les lumières filtrant aux fenêtres.

La luminosité baissant, le chant des oiseaux laissa la place au vol des chauves-souris, ou plutôt des dévoreuses. Plusieurs dizaines nous apparurent au coin d'une rue, volant au-dessus d'un immeuble. Le bâtiment de cinq étages semblait carrément vivant, le dernier niveau grouillant de bestioles. Cette nuit, cet édifice disparaitrait dans l'estomac de ces créatures magiques.

Nous dûmes faire plusieurs détours pour éviter des zones à découvert. Malgré cela, nous progressions rapidement.

À mi-chemin, nous laissâmes les cadeaux et nos vêtements excessivement parfumés. Nous entrions sur le territoire historique des Frères de Sang, il n'y aurait plus d'excuses possibles pour défendre notre présence ici. Eilca nous ordonna de nous couvrir de poussière provenant de gravats. C'était moins efficace que la boue, mais c'était mieux que rien.

Plus personne ne vivait ici. Tous les bâtiments étaient abandonnés ou servaient de tour de garde. Ils tireraient d'abord et verraient ensuite. Du coup, notre avancée se fit plus lente. Nous scrutions chaque bâtiment à la recherche du moindre mouvement, avant de nous engager un peu plus loin. Petit à petit, nous progressions, évitant les barrages et les pièges. À quelques reprises, je faillis trébucher, signe de ma fatigue. J'avais surestimé mes forces, mais il était hors de question qu'ils me laissent en arrière. Je ne leur dis rien.

Durant le reste de notre périple, nous ne vîmes qu'une seule patrouille qui ne nous repéra pas.

Enfin, le parc des expositions du Bourget apparut. Sur un kilomètre, nous remontâmes une série de petites rues parallèles à l'avenue du 8 mai 1945. Puis nous vérifiâmes les alentours, avant de traverser l'avenue en courant. Il fallait la parcourir au plus vite. Une ligne blanche pétante, au milieu du bitume, m'alarma. Je retins Eilca de justesse avant qu'elle ne la traverse et je fis stopper les autres. On me fusilla du regard, incompris. Je pointai du doigt le problème. Sur la route, un tracé approximativement droit recouvrait la vieille peinture presque effacée matérialisant le milieu de la route. Eilca fit faire marche arrière à Enzo et Robin, alors que Kéra et moi-même étudiâmes le blanc déposé sur dix centimètres de large.

Nous rejoignîmes les autres.

- Qu'est-ce ? chuchota Eilca.
- Une délimitation, on dirait de la craie ou du plâtre, murmurai-je.
- C'est faiblement magique, nous apprit Kéra.
- Un bouclier ? tenta Eilca.
- Plutôt un sort d'alarme ou de répulsion des petits animaux, dit Kéra à voix basse.

Si c'était un sort d'anti-intrusion, le rompre avertirait le lanceur et le franchir ferait de même… Creuser un trou sous la route n'était pas envisageable non plus.

- Les locaux d'Unijet sont à trois cents mètres à peine. On peut les rejoindre très rapidement, mais il nous faudra sûrement un peu de temps pour trouver Christophe. *En espérant qu'il soit bien là.* On pourrait lancer la diversion maintenant ? récapitulai-je.

- Je pense pouvoir nous faire traverser, lança Kéra.

Qui avait dit qu'elle serait un atout ? C'est bibi !

- Comment vas-tu t'y prendre ? questionna Eilca.
- Je vais dévier le sort. Mais il est possible que cela échoue.

Kéra sortit une craie et commença un cercle alchimique.

- Il me faudrait du plâtre. La cloison là-bas fera l'affaire, reprit Kéra.

Sur cinquante centimètres de diamètre, elle dessina un sort basique. Entre-temps, Enzo sortit des décombres un gros morceau de BA13. Kéra l'invita à la poser sur le cercle. Ensuite, elle activa le cercle, ce qui réduisit une partie de la plaque de plâtre en poudre. Elle réitéra l'opération à trois reprises, à chaque fois le procédé fut un peu plus long. Je compris alors que Kéra était elle aussi affaiblie. Elle ramassa le plâtre et remplit un petit sac en papier, avant de l'infuser de sa magie.

Après un petit topo, nous prîmes nos formes de loup, sauf Kéra. Je laissai mes vêtements sous une pierre et me concentrai. La transformation mit un peu de temps à débuter. En premier, mes organes se modifièrent, provoquant des tiraillements désagréables. Tout à coup, mon bassin et mes hanches se déformèrent, me projetant au sol. Les démangeaisons annonçant l'apparition des poils envahirent tout mon corps. Je fus rapidement couvert d'une fourrure de divers gris. Le reste de mon squelette se modifia peu à peu. Puis la transformation s'interrompit un moment, me laissant sous forme de loup mais avec une tête humaine, ainsi que les mains et les pieds simplement couverts de fourrure. Comme au ralenti, les derniers changements s'opérèrent, poussivement. Des griffes poussèrent mes ongles, mes doigts rétrécirent, mes paumes s'élevèrent, mes pieds s'étirèrent. Mes pattes finirent leur transformation avec l'apparition des coussinets. C'est seulement après cela que ma tête s'allongea pour faire pointer un museau. Ma bouche laissa la place à une puissante mâchoire armée de crocs.

Cette métamorphose me laissa essoufflé. Je pris une minute pour récupérer avant de prendre Pimprenelle dans la gueule.

Je rejoignis Kéra, deux loups gris et une louve au pelage gris-roux. Groupés, nous fonçâmes jusqu'à la ligne blanche. Kéra étala le plâtre à partir du sort existant, le fit passer derrière nous, avant de rejoindre la ligne un peu plus loin, faisant un demi-cercle approximatif. Elle rompit ensuite la ligne originelle maintenant détournée. Les loups filèrent jusqu'à un vieux grillage rouillé, alors que j'accompagnai Kéra, plus lente. Nous traversâmes l'enceinte délabrée sans soucis, jusqu'à de nouveaux bâtiments. Sur le qui-vive, nous rejoignîmes les premiers murs de tôle. Nous les longeâmes furtivement pour déboucher sur un cimetière d'avions. Une centaine d'appareils étaient laissés à l'abandon, devant les immenses hangars. Eilca se figea, les oreilles dressées.

Elle se plaqua au sol. Je fis arrêter Kéra en m'interposant devant elle. Je m'allongeai. Elle s'accroupit. Patientant, dans l'attente d'un signal, Kéra posa sa main sur mon flanc. Ce qui me déconcentra pendant plusieurs secondes. Je tenais à elle. J'en étais plus sûr que jamais. Pourtant, son absence de réaction me laissait perplexe. Je pensais avoir discerné des signes, mais quand venait le moment de les formuler, elle était aux abonnés absents. Peut-être lui fallait-il du temps…

Soudain, Eilca détala, les deux autres loups sur ses basques. Kéra suivit le mouvement aussi vite qu'elle put. Slalomant entre les avions, nous parcourûmes une centaine de mètres en quelques secondes. Nous nous arrêtâmes à l'abri des regards derrière l'avion le plus proche des bâtiments d'Unijet. Il nous restait la même distance à traverser. Cent mètres de piste totalement à découvert. En face, un bâtiment en dur et des hangars. Au coin de l'édifice en béton, une patrouille de deux gardes apparut. Je vis également une sentinelle sur le toit se retourner vers nous. Nous restâmes immobiles. Eilca me fit comprendre de rester ici avec Kéra. Les loups patientèrent plusieurs minutes, attendant le moment propice conjuguant une opportunité entre les deux patrouilles et la sentinelle du toit.

Cela arriva. Ils parcoururent la distance en moins de six secondes. Au pied du bâtiment, ils reprirent forme humaine en à peine autant de temps. Enzo grimpa sur le toit et approcha furtivement la sentinelle par derrière. Dès qu'il fut à portée, il tua son ennemi en lui rompant les cervicales, puis il le retint pour éviter tout bruit superflu. Eilca et Robin se dissimulèrent dans l'obscurité. La première patrouille passa devant eux sans les remarquer. Sans bruit, ils éliminèrent la menace. Robin se changea rapidement en crinos et déplaça les deux corps. Il rejoignit ensuite Eilca à un coin du bâtiment. La seconde patrouille succomba une minute plus tard. Le temps de les rejoindre, Enzo avait pris la place de la sentinelle, veillant sur nous. Robin et Eilca finirent de déshabiller les cinq corps avant de les empiler dans un coin sombre.

Ces trois-là étaient redoutables.

Eilca jeta juste devant moi un short militaire et une veste en cuir appartenant à l'un des morts. Je repris ma forme humaine. La transformation fut plus facile. Gêné d'être nu devant la gent féminine, j'enfilai rapidement les vêtements. Eilca avait l'œil : c'était à ma taille. Ramassant ma claymore, je surpris Kéra à me reluquer. Elle détourna le regard. *Ah les femmes, pas mieux que les hommes...*

Une fois tout le monde rhabillé, ils choisirent des armes parmi celles de nos ennemis. Après quoi, nous nous séparâmes en deux groupes : Eilca et Kéra, Robin et moi-même. Nous longeâmes le bâtiment par la droite, les filles prenant l'autre côté. Arrivé au coin, je découvris une longue piste d'atterrissage, presque intacte. Devant moi, Robin se plaça à côté de la porte, dos au mur. Je fis de même. De l'autre côté, Eilca s'arrêta à une fenêtre pour jeter un œil. Elle nous avertit par des signes : une personne vers le fond de notre côté. Puis elle s'approcha également de la porte. Robin prépara son arbalète. D'une main, Eilca fit un décompte avant d'ouvrir la porte en grand. Robin entra, décocha un carreau tout en se précipitant sur l'ennemi. Immédiatement, Eilca le suivit quand un renard lui glissa entre les jambes. J'eus le réflexe de sauter sur le fuyard, le plaquant à terre. Je ne reconnus pas son odeur. Je tranchai profondément sa gorge pour l'empêcher de donner l'alerte. La lame en argent facilita le travail. Il mourut rapidement.

Tirant mon cadavre par une patte, je rejoignis les autres à l'intérieur. La patte finit par se changer en jambe alors que je l'abandonnais à côté d'un autre corps. Le renard avait laissé la place à une femme d'une trentaine d'années. Qui était-elle ? Avait-elle une famille ? Avait-elle rejoint les Frères de Sang de son plein gré, ou, comme beaucoup, avait-elle été contrainte ? Je me reconcentrai sur notre mission.

La première pièce, un ancien accueil, était sous contrôle. Nous y laissâmes Robin. Accompagné des filles, j'empruntai le couloir menant aux bureaux. En silence, nous arrivâmes à la première porte, sous laquelle s'échappait une vieille odeur de sang. Nous l'ouvrîmes, prêts à toute éventualité. La pièce était vide. Mesurant vingt mètres carrés, elle faisait office de cellule. La fenêtre était obstruée par des plaques de métal. Fixées au mur, diverses chaines étaient prêtes à accueillir hommes et animaux. Je m'approchai de l'une d'elles. Entrant en contact, je sentis un début de brûlure : alliage d'argent.
Nous reprîmes notre exploration. Nous fîmes le même manège avec la seconde. Eilca ouvrit, je me précipitai, prêt à tuer un potentiel ennemi.
Derrière une barrière magique rougeâtre semi-opaque, Christophe était là, maintenu contre un mur. Il était attaché

aux pieds et aux mains de façon à l'obliger à rester debout. Les bras ballants au-dessus de sa tête, les jambes comme des bâtons légèrement inclinées, le dos plaqué contre le mur, il avait les yeux fermés, la tête penchée sur un côté. Ses liens le meurtrissaient, mais il ne semblait pas souffrir d'autres blessures. Le reste de la cellule était identique à la première. Nous avançâmes jusqu'à frôler la barrière magique. Je sentis une chaleur s'en dégager.

- Christophe ?! chuchotai-je.

Aucune réaction.
Je me retournai vers les autres. Eilca semblait inquiète alors que Kéra étudiait déjà la barrière. Je me mis à chercher des traces de rituel ou autre, mais je ne vis rien.

- Qu'est-ce que c'est ? demanda Eilca à voix basse.
- Bonne question, difficile à dire, répondit Kéra.

Quelle question : encore une magie de merde…

- Tu penses qu'elle pourrait nous blesser ? Ou être une alarme, comme tout à l'heure ? questionnai-je à voix basse.
- Cela pourrait être dangereux, elle est extrêmement puissante.
- Tu penses pouvoir la contourner ?
- Non. La barrière continue dans le mur et dans le sol. On l'aperçoit même à la fenêtre de l'autre côté. Il n'y a pas de cercle, je pense que seul le lanceur de sort doit pouvoir l'annuler.
- On peut la forcer ? tentai-je.

- Je peux essayer mais je ne suis pas sûre d'y arriver, avertit Kéra.

Ses réserves en magie devaient être basses. Trop lui en demander pouvait l'amener à l'évanouissement. Il n'y avait pas de temps à perdre. Je pris Pimprenelle, posai le bout de la lame cassé contre le bouclier, et appuyai. Le bouclier grésilla. Je forçai davantage. Le bouclier émit un peu plus de bruit. Je forçai sur mes jambes, collant tout mon poids sur la lame. Cela ne fit rien de plus. La protection tint bon. Christophe redressa la tête.

- On va te sortir de là, souffla Eilca.

Il lui fallut quelques secondes pour comprendre la situation. Il remua les lèvres mais aucun son ne nous parvint. Eilca et lui échangèrent alors par langage des signes.

- Que dit-il ?
- Il demande si nous avons trouvé... sa partenaire, hésita Eilca.

Rien à foutre de sa coéquipière.

- Sait-il comment passer ce bouclier ?

Quelques signes plus tard :
- Non.
- Poussez-vous ! Je vais tenter de la forcer, nous coupa Kéra.

Nous reculâmes au maximum. Kéra fit une série de gestes interminables. C'était la première fois que je la voyais faire ça. Enfin, elle pointa son index vers le bouclier. Un puissant éclair percuta la surface rougeâtre. Sans effet. Kéra baissa le bras, essoufflée et blafarde.

Nous n'arriverons pas à la détruire, pas sans comprendre à quoi nous avons à faire. Soudain, j'eus une idée, à la fois simple et géniale.

- Il faut terminer de sécuriser les lieux, lançai-je un peu trop fort.

Nous nous exécutâmes. Dix minutes plus tard, sans avoir rencontré de résistance, nous ouvrîmes la dernière porte pour y découvrir une seconde barrière, presque totalement opaque. La pièce semblait deux fois plus grande comparée aux cellules. À travers le filtre rouge, je réussis à deviner un corps allongé sur une table.

- Et maintenant ? lança Eilca.

Je jetai un œil à ma montre mécanique : 23h40.

- On attend, dis-je calmement.
- Attendre quoi ?

Je retournai vers Robin, puis Enzo à l'extérieur. Tous deux m'indiquèrent : rien à signaler.

De retour dans le bâtiment :
- À quoi tu joues ?! s'énerva Eilca.
- Je prépare la solution, mentis-je.

- Partage tes informations !

- Mon informateur est une voyante. Elle m'a dit qu'il ne faudrait pas précipiter les choses.

Et elle a raison !

- Tu as élaboré ce sauvetage sur les informations d'une voyante ?! dit Eilca médusée.

Ouais j'avoue que ça peut paraitre un peu insensé.

- Nous avons retrouvé Christophe, maintenant il faut le faire sortir, recentrai-je.

De retour dans la cellule, je me mis à patienter. Eilca tenta plusieurs techniques frontales : à coups de lame, de griffes et tout ce qui pouvait lui passer par les pattes. Kéra proposa de retenter le coup. Je refusai.

Eilca finit par s'impatienter et me dérangea à plusieurs reprises. Je lui rétorquai que je réfléchissais. En fait, tout comme elle, je bouillonnai de ne pouvoir rien faire à part attendre.

À quelques reprises, Christophe tira sur ses chaines, en vain. Il échangea plusieurs fois avec Eilca. Son visage était inquiet et dur. À la fin de leur échange, ses yeux brillaient d'une fureur contenue.

Au moins, il avait résisté à la sombrae…

Enfin, durant plusieurs longues secondes, un froid intense parcourut mon corps de la tête aux pieds : une vague tech venait de prendre le relais pour plusieurs jours. La barrière magique s'effaça.

- Allez sauver ma compagne ! aboya Christophe.

Chapitre 16

Chaque jour nous comptons nos morts ! Paris est envahie par les meurtriers ! Et je ne parle pas des squelettes sans cervelle, je vous parle de prédateurs. Des centaines de prédateurs parcourant notre ville en toute impunité : les métamorphes. Heureusement, une meute, consciente des dangers que représente une partie des garous, a décidé d'agir ! Les Frères de Sang essaient depuis plusieurs semaines d'enrayer les violences commises par les autres métamorphes, dont notamment la Meute.

Un blogueur anonyme

Depuis quand Christophe a-t-il une compagne ?
Eilca ignora l'ordre de son supérieur, préférant lui venir en aide en premier.

- Hermo, vas-y, s'il te plait.

C'est demandé si gentiment, je ne peux pas refuser !

Je me dirigeai rapidement vers la dernière pièce. Le bouclier tombé, je découvris une salle de torture. Sur une table métallique, je vis le corps ensanglanté d'une femme nue. Elle était maintenue, presque écartelée, par des liens en argent. Plusieurs parties de son corps étaient entourées par des chaines de tronçonneuse mordant profondément ses chairs. Je vis son torse se soulever au rythme de sa respiration, déplaçant légèrement les dents plongées dans ses tissus. Lorsque je m'approchai, je découvris avec horreur le visage de ma sœur. Elle était à peine reconnaissable, gonflée par les hématomes. Sans attendre, j'abattis Pimprenelle sur la chaine tenant sa main droite. Je découvris ses phalanges cassées. La libérant de ses entraves, je compris les supplices qu'elle avait subis, les coups, les fractures, les lacérations. L'argent avait gravement brûlé ses poignets et ses chevilles. Le métal avait également neutralisé sa régénération. Malgré la rage engloutissant toutes mes autres émotions, des larmes m'échappèrent. *Je les tuerai.* Kéra vint m'aider sans un mot. *Je les tuerai.* Ensemble, nous enlevâmes les chaines de tronçonneuse, ancrées dans sa peau. *Je les tuerai.*

Nous venions à peine de terminer lorsque Christophe apparut. Il nous repoussa comme si Maëlys, inconsciente, avait besoin de place. Il caressa son visage.

- Je suis là, mon amour. C'est fini, je vais te sortir de là.

Il serra la mâchoire en contemplant les sévices marquant le corps de ma sœur.

- Qui a fait ça ? demandai-je, haineux.

Sans me répondre, il examina minutieusement les blessures les plus profondes. Durant tout ce temps, Kéra et moi-même restèrent à bonne distance, sentant une aura instable autour de Christophe. Heureusement pour nous, la vague magique avait cessé. Sinon, lui et moi aurions immédiatement muté. Pour la première fois, j'envisageai réellement la possibilité de sombrer dans la folie métamorphe. Christophe prit sa compagne dans les bras, comme un objet fragile. Puis il sortit de la pièce. Je mémorisai une dernière fois l'horreur de ce lieu dans ma mémoire. Les fautifs allaient payer.

Kéra glissa sa main dans la mienne, avant de me tirer vers la sortie, doucemênt, comme une invitation. Je refermai mes doigts, sentant la chaleur de sa peau. J'entendis Eilca expliquer son plan, avant de s'énerver. Nous rejoignîmes les autres à l'entrée. Christophe avait disparu. On nous jeta précipitamment un AK47 dans les mains, m'obligeant à lâcher Kéra. Nous sortîmes en vitesse et rattrapâmes Christophe portant ma sœur. Il marchait rapidement à découvert en direction du cimetière d'avions. La tête haute, sans prendre la moindre précaution, il sortit de l'aéroport et s'engagea dans une ruelle. Il continua ainsi pendant un long moment, rejoignant le centre de Blanc-Mesnil. Enzo et Robin s'adaptèrent à la situation, partant en éclaireurs, alors qu'Eilca tenta de comprendre son objectif, tout en l'invitant à plus de discrétion. Christophe resta dans son mutisme.

Même lorsque nous entendîmes le bruit d'un moteur à explosion, il resta stoïque, continuant à l'allure qu'il avait imprimée. Suivant ce dernier, nous prîmes une ribambelle de ruelles, traversâmes des immeubles, passant par une porte pour ressortir par un jardin ou une sortie de secours. Ce manège dura jusqu'à arriver au troisième étage d'un petit immeuble abandonné. Il déposa Maëlys dans un lit de fortune et disparut dans une autre pièce. Je m'approchai de ma sœur. Plusieurs plaies s'étaient ouvertes. Il revint rapidement, avec une grosse trousse de secours.

- Dégagez, dit-il, mauvais.

Je me retins de lui répondre avant de m'écarter. Il commença à nettoyer le visage de Maëlys à l'aide de gaz, prenant un soin extrême de chaque blessure, chaque ecchymose. Puis, pour je ne sais quelle raison, Kéra voulu l'aider. Elle s'approcha. Christophe grogna.

- Bon, ça suffit les conneries ! éclatai-je. Elle veut t'aider ! Et arrête de nettoyer ce qui n'est pas utile ! Tu n'auras jamais assez de compresses.
- Moins fort, intervint Eilca.
- Si tu ne te reprends pas immédiatement, tu vas tous nous faire tuer ! Y compris elle ! repris-je un ton en dessous.

En m'écoutant, je crus presque entendre Eilca me sermonner. Christophe me fixa, agressif. Je soutins son regard, sans défaillir. La tension était palpable. Personne n'osait bouger.

- Me prends-tu pour un ennemi ? demandai-je.

La question fit son chemin. Son regard s'adoucit. Il baissa les yeux et retourna à son travail. J'avertis Kéra d'un signe de la tête. Elle le rejoignit. Ensemble, ils traitèrent les blessures les plus graves avant de les bander.

- Que fait-on maintenant ? lança Eilca.

- Quel était votre plan ? s'enquit Christophe.

Eilca lui résuma la situation et les moyens employés. Christophe partit chercher un gros sac à dos. Il en sortit une carte. Il l'étala.

- On est ici. Pour évacuer, vous allez continuer à l'Est. Il faudra passer par là. Attention à cette zone.

Avec son doigt, il pointa l'itinéraire à prendre. Il détailla chaque annotation, chaque détail pouvant nous servir.

- Dès que vous aurez passé cette rue, volez un véhicule et rejoignez la Meute.

- Et toi ? demanda Eilca.

- Je vais finir mon travail.

- Je viens avec toi ! m'imposai-je.

- Tu vas me gêner.

- En pleine vague tech, je ne vois pas comment ? Je suis meilleur tireur que toi.

- Tu rentres avec eux. Il n'y a pas à discuter.

- J'ai une autre idée : comme tout otage qui vient de se faire libérer, tu vas gentiment suivre les personnes qui sont venues te sortir de là.

Les yeux sur Maëlys, il réfléchit un instant.

- Non, renchérit-il.

- Vous pouvez y aller, indiquai-je aux autres.

- C'est contraire à mes ordres, intervint Eilca.

- Ta seule mission est d'évacuer ma compagne, c'est bien compris ? dit Christophe, menaçant.

Je n'aurais pas dit mieux.
Eilca baissa les yeux en acquiesçant.

- Allez, disparaissez ! les motivai-je.

Enzo prit Maëlys dans ses bras, puis ils partirent, sauf Kéra.

- Va avec eux ! exigeai-je.
- Et manquer le plus excitant ? dit-elle faussement légère.
- Cela ne te concerne pas.
- Peut-être bien que non, peut-être bien que oui.

Bourrique !

- Je comptais sur toi pour veiller sur ma sœur, tentai-je.
- Ils s'en sortiront très bien sans moi.
- Vous allez me ralentir tous les deux, renchérit Christophe.

Il commençait à m'énerver.

- Plus qu'immobile dans une cellule ? dis-je acerbe.

Il jeta l'éponge :
- Faites comme ça vous chante, je vous aurai prévenu !
- C'est quoi le plan ? Et c'était quoi ta mission ?
- Nous devions empoisonner Croc. Comme tu peux t'en douter, nous avons échoué. Cependant, Maëlys a appris

qu'ils allaient changer de quartier général. Depuis peu, ils auraient trouvé un emplacement plus facile à défendre, et aussi plus près de Paris. Nous sommes bien le 13 ?

- Vu l'heure le 14.

- Ils ont dû commencer à déménager hier. Pour cela, ils ont dû revoir la défense de tout leur territoire.

- Quand nous sommes venus les barrages étaient tous présents, indiquai-je.

- Tant mieux, cela fera moins de gardes sur place.

Christophe rassembla les ressources cachées dans la planque : plusieurs armes à feu, un arc, une arbalète, des armes blanches, des jumelles, cinq grenades suffocantes, deux masques à gaz militaire, une trousse de secours à moitié vide, deux talkies-walkies, des oreillettes, et diverses fioles métalliques très bien emballées.

Je choisis une arme de poing en plus de l'AK47 des Frères de Sang. Je réajustai le fourreau de Pimprenelle dans mon dos. De toute façon, je n'en aurai certainement pas besoin. Kéra s'empara d'un fusil de sniper et d'une épée. Christophe opta pour un HK 416 F, un fusil d'assaut. Il me tendit une grenade avant de mettre le reste dans son sac.

- Quel est le plan ?

- Commençons par vérifier l'état de leur QG actuel.

Nous sortîmes du bâtiment.

- Au fait, nous bénéficions d'environ une heure avant que la relève découvre que nous nous sommes échappés. C'est le temps que nous avons pour frapper fort.

Ainsi, nous suivîmes Christophe. Il nous fit courir, ralentir, rebrousser chemin, et même ramper. Nous nous arrêtâmes au pied d'un haut bâtiment. Il rejoignit le toit, nous abandonnant le temps que Kéra récupère son souffle.

- Ça va ? m'inquiétai-je.

Elle ne put me répondre immédiatement, avalant de grandes bouffées d'air.

- Laisse-moi deux minutes.

Dans le cadre de l'entrée, j'observai les alentours. Christophe réapparut.

- C'est le défilé là-bas ! Ils chargent des tas de camions. Je vous propose d'en intercepter un.

* * *

Au-dessus de l'autoroute menant à Saint-Denis, armé du fusil de sniper, j'étais en position. Christophe était caché cent mètres en amont. Et Kéra, trop aguicheuse à mon goût, faisait du stop, non loin de lui. Si l'idée n'était pas venue d'elle, je n'aurais jamais accepté. Je vis un camion arriver. Je les avertis par talkie. Dès que je pus, je mis en joue le conducteur.

Le camion ralentit, puis s'arrêta au niveau de Kéra. Ils discutèrent, puis elle monta. À peine assise, alors que le conducteur s'apprêtait à redémarrer, elle le frappa violemment à la gorge avec la tranche de la main. Christophe surgit de sa cachette. Mais avant qu'il n'ait pu l'aider, Kéra planta le chauffeur. Le temps de descendre de mon promontoire, ils m'attendaient avec le camion. Christophe sortit de la cabine avec un bidon d'huile de moteur.

- Je vais conduire, allez dans la remorque, dit-il en se badigeonnant les mains et les blessures, afin de cacher l'odeur du sang.

Après être monté à l'arrière, je rendis l'arme à Kéra. Le camion repartit.

- Ici papa ours à bucheron, est-ce que vous m'entendez ? grésilla la voix de Christophe dans mon oreillette.
- On vous entend quatre sur cinq, répondit un loup du groupe de soutien.
- On m'a parlé d'une fête, ça serait bien qu'elle commence…
- Bien reçu : la fête est lancée.

Dix secondes plus tard, trois explosions résonnèrent au loin. Le second groupe venait de lancer une offensive sur l'un des barrages des Frères de Sang, nous procurant une diversion.

D'autres détonations, moins importantes, rythmèrent notre court voyage.

- Accrochez-vous ! cria Christophe dans mes oreilles.
- Tiens-toi ! retransmis-je à Kéra.

Le camion enfonça des grilles, puis un chaud intense me saisit à la nuque. *Une... une vague magique ?!* Avant d'avoir eu le temps de traiter cette information, le moteur à explosion s'arrêta. Quelques secondes plus tard, nous fûmes projetés lorsque, dans son élan, le camion percuta un mur. Je me relevai entre les caisses. J'aidai Kéra, légèrement blessée, à se relever. À l'extérieur, des gens criaient, grognaient, hurlaient. Lorsque je sortis de la remorque, Christophe, dans sa forme de guerre, terminait d'arracher la tête d'un humain.

- À l'intérieur, cria-t-il.

Kéra sauta à mes côtés alors qu'un carreau de baliste se figea dans le mur tout proche. Couverts par Christophe, nous entrâmes par le mur abattu. La cabine était entièrement entrée dans un ancien magasin, dans lequel une multitude de caisses étaient entreposées.

- Combien sont-ils ?
- Douze, répondit immédiatement Christophe.

Alors que je grandissais sous l'effet de la mutation, je saisis le bras de Kéra. Elle se tourna vers moi, épée à la main. Je lui caressai la joue, alors que ma main se transformait en une patte de tigre plus grande que sa figure. Elle inclina imperceptiblement la tête, appuyant légèrement sur un coussinet, avant de la retirer tout aussi vite. Puis elle m'incita d'un petit signe de la tête à y aller. Entièrement métamorphosé, je la laissai, avec regret.

Je dépassai Christophe, bloquant le passage à nos ennemis. Je vis un crinos fonçant vers nous, deux gardes à droite en pleine mutation, un arbalétrier en face, deux autres humains venant à notre rencontre, et un chauffeur fuyant. Je partis à droite. Je parcourus les cinquante mètres à quatre pattes, à pleine vitesse. Je sautais sur le dos d'un amas de chair changeant. Je lui mordis la nuque jusqu'à la briser. L'autre tenta de se lever, presque en crinos. Je lui sautai au cou. Les crocs dans la jugulaire, je lui arrachai la gorge. Quelque chose me perfora l'arrière-train. Je n'en pris pas garde et partis intercepter les deux humains. Fonçant comme un animal, je les vis douter. Ils pointèrent leurs épées dans ma direction. À quelques mètres d'eux, je me redressai, les dépassant de plus d'un mètre. Le premier m'attaqua. Je l'esquivai facilement avant d'emporter une partie de son visage entre mes griffes. Il hurla de douleur. L'autre profita de l'occasion, mais je fus plus rapide. Je saisis la garde de son épée, bloquant son attaque. De l'autre main, je l'agrippai au niveau du trapèze, enfonçant mes griffes de plusieurs centimètres. Sa gorge ne fit pas long feu. Un carreau d'arbalète percuta le sol à côté de moi alors que j'achevai l'homme défiguré.

Un loup hurla, donnant l'alerte. J'étudiai la situation. Christophe s'était débarrassé du crinos et finissait d'escalader la façade pour atteindre deux autres tireurs que je n'avais pas remarqués. Un ours et trois loups étaient également apparus. Kéra foudroya le premier arbalétrier que j'avais repéré et se remit à couvert. Je me tournai donc face à la petite meute. Toujours attachée dans le dos, je sortis ma claymore de son fourreau. Debout, je les attendis. Je commençai à sentir une brûlure à la hanche gauche. Je vérifiai et ne vis qu'un peu de sang. Je ne pus y consacrer plus de temps. Les loups partirent sur les côtés pour m'encercler alors que l'ours me fonça dessus. Je pris appui sur mes deux pattes postérieures et sautai au-dessus de l'ursidé. Me réceptionnant, un éclair de douleur parcourut ma jambe gauche. Je fis abstraction et partis à la rencontre d'un loup. Le malin s'éloigna. La meute se remit en place autour de moi. L'ours gronda. Il se mit à avancer lentement pour me faire reculer vers un mur. Derrière lui, je vis Christophe sauter du toit. Pimprenelle à la main, je lançai une attaque. L'ours n'eut rien à faire, j'avais vu trop court. Mon arme cassée, en plus d'être plus courte, était complètement déséquilibrée, annulant l'avantage de sa nouvelle légèreté. Les loups commencèrent à harceler mes flancs. L'un d'entre eux s'approcha un peu trop et reçut une estafilade. Il comprit alors que mon arme était en argent, ce qui calma ses ardeurs. L'ours vint à nouveau à ma rencontre, mais il fut soudain abandonné par ses amis. Les loups, voyant Christophe arriver, préférèrent l'intercepter. L'ours finit par charger. Il arriva au contact, je l'empêchai de me mordre tout en lui plantant ma claymore raccourcie dans le flanc, encore et encore. Il me repoussa sur plusieurs mètres avant de me faire basculer en arrière. Au-dessus de moi, jouant de son poids, sa gueule s'approcha dangereusement. J'accélérai les coups de lame. *Tu vas crever oui !?*

Soudain, Christophe le bascula sur le côté. L'ours ne se releva plus. La vingtaine de coups avaient creusé un cratère dans son ventre et l'argent empêchait le VLS de régénérer ses tissus. Nous le laissâmes gémissant et agonisant. Christophe m'aida à me relever. Immédiatement, ma jambe gauche se déroba.

- Tu es blessé ?

Ma hanche était devenue extrêmement douloureuse.

- De l'argent, l'informai-je.

Je me mis sur le côté. Je ne vis que du sang et de la fourrure tigrée. Je palpai ma hanche jusqu'à trouver l'épicentre de ma douleur. Christophe prit alors le relais. Il trouva rapidement l'orifice d'entrée du carreau d'arbalète.

- Ne bouge pas, dit-il avant de partir.

Il ne semblait plus y avoir d'ennemis. Le quartier ne comptait que trois bâtiments. Tous les autres avaient été détruits et les gravats nettoyés. De nombreuses caisses étaient posées, en trois endroits distincts. Des armes lourdes étaient déballées. Heureusement, les lieux n'étaient pas encore investi.
Christophe réapparut avec un couteau. Il trancha profondément ma cuisse. Serrant les poings, je ne pus retenir un cri de douleur. Il écarta la plaie sans ménagement. Je sentis alors le besoin de changer de forme. J'atteignais mes limites. Mon ami plongea ses gros doigts griffus dans ma blessure. Ses poils frôlant mes tissus furent douloureux, l'extraction du carreau fut presque insoutenable. Je hurlai encore lorsqu'il me présenta le projectile. Le VLS refermerait rapidement l'incision, mais les tissus entrés en contact avec l'argent mettraient des jours, voire des semaines à guérir, comme un humain normal. Je repris mon souffle, tout en me concentrant afin

de maintenir ma forme de guerre. Il fallait agir vite, je ne tiendrais plus que quelques minutes.

Kéra apparut soudain à côté de nous. Elle s'accroupit au niveau de ma blessure. Elle plaça ses deux mains à un centimètre de ma hanche. Des ondes de fraîcheur se répandirent, stoppant l'effet de brûlure. La douleur diminua. Le sang coagula. Les parois sanguinolentes se rapprochèrent sensiblement. D'ici dix minutes, ma blessure serait comme recousue. Ensuite, elle ne pourrait plus faire mieux.

Au moment où j'allais reprendre forme humaine, des bruits de moteur m'en dissuadèrent. *En pleine vague magique, comment est-ce possible ?* Puis, ma dernière aventure avec Kéra me revint : nous étions dans une bulle magique. Les Frères de Sang avaient trouvé un lieu magiquement actif !

- Il faut partir ! m'alarmai-je.
- Oh non, dit Christophe mauvais, le regard planté dans la direction des véhicules.

Kéra changea alors de technique. De l'index, elle dessina dans mes poils. Puis elle plaqua ses mains de part et d'autre de ma blessure. Une intense magie frémit dans ma hanche. À l'œil nu, je vis mes tissus se reconstituer. Cela dépassait l'entendement et le possible.
Je fus rapidement rappelé à la réalité lorsqu'un groupe d'environ dix individus apparut. J'aperçus Croc, l'alpha des Frères de Sang, et à côté de lui, en retrait, Louhan Mercoeur.

- Ce n'est pas possible, il est mort ! exprimai-je sans le vouloir.

À bonne distance, ils s'arrêtèrent et commencèrent à muter, loups, lynx et renards, tous prirent leur forme de guerre.
Nous ne pourrons jamais battre onze crinos. Louhan à lui seul en vaut déjà cinq…

- Il faut fuir ! Maintenant ! dis-je en me relevant.
- Arrête de bouger, râla Kéra.

Christophe ne me répondit pas. Ses yeux, brillants comme des soleils, ne laissèrent aucun doute quant à ses intentions. Il allait venger Maëlys. Les images du corps torturé de ma sœur me revinrent. Mes griffes sortirent instinctivement. *Ils vont payer !*

Le groupe s'approcha.

- Mais qui voilà ? dit Croc, malgré sa forme de loup-garou. Christophe… Moi qui te pensais enchaîné…

Soudain, il se retourna et attaqua un renard-garou à la gorge. Ils tombèrent, le loup sur sa cible. Plusieurs coups de mâchoire tranchèrent presque la tête du renard. En se relevant, Croc, couvert de sang, se pourlécha les babines avec délectation.

- Et l'empêcheur de tourner en rond… encore ! reprit-il comme si rien ne s'était passé. Mais vous avez amené une invitée ?! C'est trop gentil à vous. On s'occupera bien d'elle, c'est promis, finit-il avec un sourire carnassier.

Je vais te buter !

J'allais me précipiter tête la première, quand Kéra se planta devant moi. Elle arracha le collier ornant son cou, au bout duquel pendait une grosse pierre. Elle prononça une incantation dans une langue inconnue. La pierre fut réduite en cendres. Elle adopta une posture étrange, proche du kung-fu. La magie se concentra devant elle en une lueur bleutée. Puis, elle se transforma rapidement en électricité statique, avant d'évoluer en une boule d'électricité aux éclairs blancs et bleus. Quand la sphère d'énergie atteignit cinquante centimètres de diamètre, Kéra bougea légèrement. Dix éclairs partirent. Croc utilisa l'un des siens comme bouclier, Louhan sut s'abriter à temps, le dernier, un lynx, eut juste de la chance. Sept garous s'effondrèrent mal en point.

Kéra s'écroula. Je la rattrapai. Angoissé, je découvris qu'elle était encore consciente.

- Tu n'aurais pas dû, la grondai-je tendrement.
- Si. Vous vous seriez précipités à deux contre dix, dit-elle faiblement.

Certes...

- Tss Tss Tss, ce n'est pas très gentil de vouloir tuer les gens comme ça, nous coupa Croc. Aie, on dirait que votre petite mage est HS.

Christophe bougea imperceptiblement. Je déposai Kéra. Je voulus lui déposer un petit bisou sur la joue, mais mes souvenirs de sa première réaction me firent hésiter. Elle subit un gros coup de langue involontaire, version Éther. C'est avec honte que je me détournai d'elle.

Je testai ma jambe gauche : juste un peu douloureuse.

- C'est quand tu veux, avertis-je Christophe.

Il s'élança. À ma plus grande surprise, il cibla Louhan. Nos deux ennemis vinrent à notre rencontre, chargeant également. Le lynx décida de ne pas interférer.
Nous nous heurtâmes violemment, échangeant plusieurs coups de griffes sans gravité. Christophe et Louhan se décalèrent, se donnant de l'espace. Croc et moi-même commençâmes à nous tourner autour. Il semblait sourire.

- J'ai l'impression que tu n'as pas aimé l'attention que j'ai portée à ta chérie, susurra Louhan à l'intention de Christophe.

Louhan était le bourreau de Maëlys ! Mon ami attaqua immédiatement, ce qui procura une ouverture à son adversaire.

- Christophe ! Fais attention à sa technique de harcèlement ! criai-je.

Croc en profita pour avancer droit vers ma gorge. Je réussis à interposer mon avant-bras. Ainsi agrippés, nous échangeâmes plusieurs coups. Lorsque je réussis à le faire lâcher, il avait largement remporté ce round. Mon bras droit était bien abîmé et mes flancs étaient lacérés. Croc s'en sortait seulement avec quelques griffures. Je me sentis commencer à muter. Je n'avais plus assez de magie pour maintenir ma forme de guerre. Puisant davantage dans ma volonté que dans la magie, je réussis à stopper les changements. Sans attendre, je repartis à l'assaut de mon adversaire. Je me mis à utiliser mon léger avantage d'allonge. Nous échangeâmes de nombreux coups de griffes. Alors que les miens l'atteignaient, les siens brassaient de l'air. Hélas, les blessures étaient superficielles. Rapidement, je pris plus de risques, laissant de profonds sillons. Soudain, il se baissa en position de loup et m'attaqua les jambes. Je ne pus reculer assez vite. Il referma sa mâchoire sur mon tibia. Il m'agrippa la jambe et me fit chuter. Nous nous donnâmes de nombreux coups de crocs. Quand nous nous séparâmes, nous étions tous les deux dans un sale état. C'est à ce moment que ma transformation reprit, inéluctable. Avant que Croc ne s'en rende compte, je fuis. Il se mit à rire tandis que j'entrais dans le bâtiment le plus proche.

- Où crois-tu aller ? dit-il, suffisant, marchant vers moi.

Montant à l'étage, je manquai une marche alors que mes jambes rapetissaient. La transformation s'accéléra. Je continuai mon ascension, débouchant dans une grande pièce. Mes bras se changèrent en pattes, alors que je basculais ventre à terre. Quand Croc arriva, j'étais totalement métamorphosé en tigre. Comme tous les métamorphes, garder ma forme humaine ou animale ne demandait, ni concentration, ni magie. On pouvait même s'y retrouver bloqué durant les vagues tech.

- Comment as-tu pu venir à bout d'Éric ? tenta de comprendre Croc.

Au moins le père était mort. Il s'approcha. Je crachai sur lui, tel un chat.

- Quel fauve ! s'en amusa-t-il en riant à gorge déployée.

Je lui bondis dessus. Emporté dans mon élan, nous basculâmes à travers une fenêtre. Je réussis à retomber sur mes pattes, alors que Croc atterrit lourdement sur le dos. Immédiatement, je me jetai sur lui. Il se protégea instinctivement le cou. J'entrepris alors de creuser dans son torse. Le premier coup, j'arrachai un pan de fourrure. Le second entama profondément sa peau. Au troisième, j'atteignis ses côtes. Le quatrième, mes griffes s'infiltrèrent entre les os, perforant ses poumons. Il me repoussa violemment. Je l'attaquai. Il réussit à me dévier, ce qui lui laissa le temps de se lever. Les pectoraux en lambeaux, la cage thoracique en partie à nu, il hurla.

- Je vais te faire souffrir, m'avertit-il, plein de haine.

C'est alors qu'une nuée de papillons se forma dans le ciel. Je vis Christophe en lutte avec son adversaire et Kéra assise contre les vestiges d'un mur. Aucun de nous n'était en capacité d'y faire face. Si Croc les contrôlait, alors il fallait que je le tue rapidement.

Je le fixai. Il me sourit et regarda dans la direction de Kéra. Les lépidomortis foncèrent sur elle. Sans magie, elle succomberait. Je me précipitai vers elle. Il fallait que je la mette à l'abri. J'étais à peine à mi-distance qu'elle était déjà recouverte d'insectes. Je ne vis pas son bouclier habituel la protéger. Elle cria. J'accélérai. Au milieu de ce tas grouillant, elle leva un bras, comme pour m'indiquer quelque chose. J'aperçus alors une bouche d'incendie abimée. Arquant ma trajectoire, je finis par projeter mes deux cent trente kilos sur le conduit. Mon épaule se brisa à l'impact. La conduite d'eau gémit, se déforma. Une soudure lâcha, créant un geyser. Des centaines de lépidomortis furent plaqués au sol. Le reste s'éleva dans le ciel pour échapper à la mort. Kéra, ensanglantée mais vivante, leva son pouce en l'air.

Croc s'emporta dans un cri de fureur. Il se rua vers moi, laissant une trainée de sang derrière lui. Il m'attaqua et faillit glisser dans l'eau. Son coup de griffes me manqua de peu. Dégoulinant, mon épaule affreusement douloureuse, mon corps meurtri, nous nous refîmes face. Lui aussi faiblissait. Les yeux furieux, il avança imprudemment. Je lui balayai le bas-ventre, laissant quatre lignes horizontales. Il fut déstabiliser, j'en profitai pour l'attaquer à nouveau. Il recula. Je bondis vers lui, il esquiva en arrière. Ne lui laissant aucun répit, je continuai de l'assaillir. Aucune de mes attaques ne l'atteignit. Après la magie, j'atteignais également mes limites physiques. Chaque pas aggravait ma fracture à l'épaule. Chaque mouvement tirait sur mes blessures que le VLS tentait difficilement de stabiliser. Malgré tout, je continuai. Croc recula, me laissant m'affaiblir. Bientôt, il aurait le dessus, alors il en finirait avec moi. Mais il se fourvoyait sur un point : j'avais des compagnons. Il recula à nouveau. Soudain, je lus la surprise dans ses yeux, quand il fut poignardé par Kéra, les restes de ma claymore à la main. Aussitôt, je sautai, m'agrippant à lui. Kéra lui porta deux autres coups avant qu'il ne s'affale, agonisant. Je le saisis à la gorge pour l'achever.

Je dus rester presque une minute accroché à son corps sans vie. Non loin, Christophe combattait toujours. Desserrant les mâchoires, je pus constater que son combat était rude. Me relevant, je décidai d'essayer de l'aider. Boitant, je pris Louhan à revers, ce qu'il remarqua. Il choisit de m'attaquer. Cependant, Christophe l'obligea à se déporter pour éviter son attaque. Contre toute attente, Louhan ne demanda pas son reste et préféra fuir. Mon ami tenta de le poursuivre, mais une blessure au genou l'empêcha de suivre le rythme.

À nous trois, nous formions une belle bande d'éclopés. Nous récupérâmes quelques minutes, durant lesquelles je regagnai douloureusement forme humaine. Puis des sirènes retentirent au loin, nous invitant à nous remuer. Avant de nous sauver en voiture, je pris le soin de tuer les sept garous foudroyés, ainsi que de planter une dernière fois Pimprenelle dans la tête de Croc. *Pour Maëlys.*

Chapitre 17

À toutes les unités, de multiples combats sont signalés à Aubervilliers, Saint-Denis, La Courneuve et Le Bourget. Ces échauffourées ne doivent en aucun cas se propager à Paris. L'utilisation de l'intégralité de notre puissance de feu est accordée.

Appel radio de la STPM

Après avoir forcé un barrage des Frères de Sang, Christophe slaloma dans les ruelles. Le sommeil tenta de s'emparer de moi. Les paupières lourdes, je sombrais, quand un gros coup de volant m'envoya la joue dans la vitre.

Comment veux-tu que je me repose dans ces conditions ?

Pour ne pas arranger les choses, nous fûmes pris en chasse par deux berlines à l'entrée de Clichy. Quelques coups de feu fusèrent entre deux virages.

- Il faudra penser à déposer Kéra, dis-je éreinté.
- Tu ne voudrais pas plutôt leur tirer dessus ! s'exclama Christophe.

Il prit un virage serré, faisant crisser les pneus.

- Vu ta conduite, j'ai plus de chance de gagner au loto que de les toucher…

Deux coups de feu me firent sursauter. Kéra, arme à la main, venait de tenter sa chance à travers la vitre arrière.

On se calme derrière, on y est presque…

- Annonce notre arrivée.

Je pris le talkie-walkie.

- Ici Hermorrhage. À ceux qui m'entendent, particulièrement les Garous de l'Alliance et plus spécialement les patrouilles du territoire, m'embrouillai-je. Je suis accompagné de Christophe, ainsi que d'une femme exquise…

Christophe me tapa l'épaule, en me jetant un regard dur.

- Occupe-toi de conduire ! J'en étais où ? réfléchis-je. Nous sommes à bord d'un vieux modèle…
- Nissan Qashqai, précisa Christophe.
- Un Nissan Qashqai. Nous sommes poursuivis par les Frères de Sang, deux véhicules…

Je me retournai pour observer nos poursuivants.

- Modèle Peugeot. Nous arriverons par Neuilly-sur-Seine d'ici trois à cinq minutes. Merci de nous laisser passer. Et vous avez une bise de la part de Christophe.

La voiture prit une bosse, la vitre arrière se brisa.

Franchement Kéra, regarde ce que tu as fait, c'est tout cassé maintenant...

Un 4x4 américain apparut devant nous. Les hommes placés à l'arrière ouvrirent le feu. Christophe freina et prit une rue perpendiculaire.

- Ils veulent nous empêcher de rejoindre la forêt, exprimai-je mollement.
- Non, sans déconner ! répondit Christophe acerbe, absorbé par sa conduite.
- Je pense que tu lui as donné trop de morphine, intervint Kéra.
- Ouaip ! confirmai-je. Les papillons sont de retour…
- Laissez-moi me concentrer ! râla-t-il dans un nouveau virage.

* * *

Une explosion me réveilla. J'étais dans un lit. Kéra regardait par une fenêtre. Je reconnus la décoration typique de la demeure d'Arnaud. Des coups de feu lointains résonnèrent.

- Que se passe-t-il ? dis-je en bougeant.

Une douleur fulgurante à la hanche me paralysa.

- Les tiens subissent un assaut des Frères de Sang, commenta Kéra, toujours absorbée par l'extérieur.

Elle me semblait distante. Me faisait-elle la gueule ?

- Comment vas-tu ?
- Ça va, dit-elle dans le vague.
- Tu penses aux démons ? tentai-je.

Un silence s'installa.

- Sont-ils responsables de la bulle magique ?
- Sûrement.

Ouf, elle ne m'en veut pas.

- Tu prévois d'y aller ?

Nouveau silence.

- Attends que je sois remis sur pied, n'y va pas seule !
m'alarmai-je.
- Plus j'attends, plus ils peuvent à nouveau m'échapper et
se renforcer.
- Si tu échoues, qui les arrêtera ?
- Toi !
- Kéra, sérieusement... je n'ai pas tes capacités
magiques...
- Tu peux annuler les sorts ! Pourquoi m'as-tu caché cela ?
se crispa-t-elle.
- Je... je ne sais pas contrôler ce pouvoir, me défendis-je.
Et toi quelle est cette magie de soin ? contre-attaquai-je.

Elle se renfrogna. *Pas d'explication... C'était donc plus
que des soins... Je m'en doutais !*

- Nous savons tous les deux que l'on a des secrets. C'est ce
qui fait notre charme, non ? tentai-je, conciliant.

Elle réfléchit.

- J'irai inspecter les souterrains dans quarante-huit heures,
déclara-t-elle.

Aie. Apparemment, mes secrets ne lui font pas tant d'effet que ça... Nous serions encore en vague tech, je ne serai donc pas rétabli. Mais peu importe, je l'accompagnerai, sous morphine s'il le fallait.

- Je serai là.

Bercé par les bruits des balles, je repartis dans les bras de Morphée. Jusqu'à ce qu'une grosse langue râpeuse vienne me rappeler à la réalité.

- Éther ! râlai-je en me retournant.

Un cri de douleur m'échappa. Cela calma mon ami à quatre pattes. Maggie, Sébastien et Alf apparurent.

- Comment va notre chef adoré ? dit Sébastien enjoué.
- Je ne suis pas votre chef et qu'est-ce que vous faites ici ? Vous n'avez pas des druides à protéger ?

Toujours allongé chez Arnaud, je découvris une perfusion dans mon bras. J'avais également été bandé. Mais pire, Kéra n'était plus là.

- En fait, ils ont été réaffectés, rattrapa Maggie.
- Où ça ?
- Au nouvel avant-poste.
- Quel avant-poste ? Et pourquoi Alf est blessé ? demandai-je en remarquant son bras en bandoulière.
- Celui de Saint-Denis.
- La zone magique ? enchainai-je sans lui laisser le temps de répondre à mon autre question.

Elle hocha la tête.

- J'ai dormi combien de temps ? m'affolai-je.

- Quatorze heures.

Je me détendis. Je n'avais pas raté mon super rendez-vous avec Kéra et les démons.

- Et ce bras ? pointai-je.
- Ho, ce n'est rien, tempéra Alf.
- Il s'est interposé entre Maggie et Matthias, rapporta Sébastien.
- Qu'est-ce que c'est que cette histoire ?
- Matthias s'est à nouveau pointé sur notre territoire avec toute sa meute, continua l'ours. Il a pris Maggie à partie. Alf est intervenu et lui a botté les fesses avant que quiconque ait pu réagir. T'aurais dû voir ça...

J'aurais bien aimé, effectivement...

- Revenons à l'avant-poste. Comment l'Alliance a-t-elle pu s'implanter aussi loin ?
- Je n'ai pas pu vérifier toutes les informations, me confia Maggie. Mais il semblerait que Croc soit mort. Les Frères de Sang ont lancé une petite offensive, assez désorganisée. Après quoi, l'Alliance a immédiatement contre-attaqué. Nous aurions repoussé les Frères de Sang jusqu'à leur territoire historique.

Si c'était vrai, cela représentait plusieurs kilomètres en à peine quelques heures. Si Croc dirigeait seul les Frères de Sang, sa mort avait dû sacrément les déstabiliser.

- Comment va Maëlys ? m'écriai-je soudain.
- Elle est vivante, me rassura Maggie évasive.
- Je veux la voir ! dis-je en gesticulant douloureusement.
- Je ne pense pas que tu puisses t'y rendre sans l'accord d'Arnaud ou de Christophe.

- Depuis quand ai-je besoin de leur accord pour me déplacer ?

- Ce n'est pas ce que j'ai voulu dire, même si je pense que tu devrais aussi rester au lit, me répondit Maggie. Il est fort probable que l'on te refuse l'entrée.

Sérieusement ?

- Où sont-ils ?

- Je ne sais pas.

- Puisque c'est comme ça, allons à l'avant-poste de Saint-Denis.

- Sur le front ? Tu ne vas pas aller te battre ?! s'inquiéta-t-elle.

- Non, je veux régénérer.

Et si je peux chopper l'un des deux loustics au passage…

* * *

En arrivant, l'alpha et son lieutenant furent introuvables. Je m'installais à l'écart du tumulte, laissant le VLS faire son travail. Les autres, souhaitant rester proches de moi, et face à mon entêtement, allèrent donner un coup de main à la fortification de la position. Sauf Éther qui préféra veiller sur moi. *Flémard !*

Profiter de la régénération en plein milieu d'une vague technologique était un atout considérable. Lorsque l'existence de cette zone s'ébruiterait, car cela se saurait à un moment ou à un autre, beaucoup de monde voudrait détenir cet endroit. Nous allions attirer les convoitises… Et dire que sous nos pieds se trouvaient sûrement des démons en train de faire leurs petites affaires sanguinolentes.

Christophe finit par revenir pour superviser la mise en place des défenses. Il ne tarda pas à me tomber de dessus :

- Qu'est-ce que tu fais ici !
- Ça ne se voit pas ? Je me dore la pilule, dis-je, allongé au soleil les yeux fermés.
- C'est dangereux ! Tu es à découvert je te signale.
- J'ai un félin de garde. Je ne crains rien.

Éther se mit à ronfler. J'ouvris les yeux, découvrant un gros paresseux.

- Il est mal éduqué, je n'y peux rien, tentai-je en haussant les épaules.
- Rentre au QG ! m'ordonna Christophe.
- Où est Maëlys ? dis-je soudain sérieux.
- À l'infirmerie de la Meute.
- Je peux la voir ?
- Dès que j'en aurai informé les gardes.
- Comment va-t-elle ?
- Sur le plan physique, cela prendra du temps. Sur le plan mental, je ne sais pas, avoua-t-il la gorge serrée.
- Elle est consciente ?

"Non" m'indiqua-t-il de la tête.

- On lui a retiré des bouts de métal glissés sous la peau, de l'argent... me décrit-il écœuré.
- On retrouvera Louhan et on lui fera payer !
- Thierry a peur qu'elle ait sombré dans la folie, continua-t-il. Il faudrait qu'elle se réveille avant la prochaine vague M pour limiter les risques.
- La vague tech va peut-être durer... essayai-je de le réconforter.

Il y eut un silence.

- Combien de temps ? questionna-t-il avec force.
- Pour ?
- Combien de temps avant la prochaine vague magique ?
- Je ne …
- COMBIEN ?

Je pris cela comme un coup de poing au ventre. Christophe savait que je pouvais prévoir la durée des vagues.

- S'il te plaît, reprit-il suppliant.
- Elle a encore trois jours, cédai-je. Qui d'autre est au courant ?

Il tenta de fuir la question.

- Je t'ai répondu, je pense que tu me dois bien ça ! insistai-je.
- Seulement Arnaud.

C'était déjà trop. Cependant, j'étais étonné que l'alpha ne m'eut pas sollicité à ce sujet.

- Tu as encore beaucoup de secrets comme ça ?

Il planta ses yeux humides dans les miens.

- J'avais des ordres.

La belle excuse…

- Depuis quand le sais-tu ?
- Le début…

Plus vague, tu meurs…

- Depuis le stage ? tentai-je.

- Oui. Arnaud m'avait demandé de te surveiller, déballa-t-il.

J'avalai difficilement ma salive, comprenant l'ampleur de l'hypocrisie.

- Tu veux dire que les entrainements, notre amitié, ...

Il n'eut pas besoin de répondre. Sa culpabilité suintait de tous ses pores.

- Et Maëlys ? Ça aussi tu me le cache depuis que l'on se connaît ?
- Non..., essaya-t-il.
- Et tu me l'as caché parce que ... ? le coupai-je.
- Elle me l'a demandé, dit-il penaud.

Quand ce n'est pas la faute de ton alpha, c'est la faute de ma soeur... Et dire que je te prenais pour exemple...

- Bon, je crois que tout est dit, tranchai-je, mettant un terme à notre amitié fallacieuse.

* * *

- Bonjour Kéra, c'est Hermo. C'est juste pour t'informer que je suis complètement rétabli, donc n'y vas pas sans moi, laissai-je sur son répondeur.

Je raccrochai avant d'entrer dans la bulle magique de l'avant-poste.

Il avait fallu un jour au VLS présent dans mon organisme pour soigner ma fracture et mes autres petites blessures. Heureusement, Kéra avait soigné le trou causé par le carreau en argent, sinon cela aurait été une autre histoire. Durant ce laps de temps ma sœur était sortie du coma.

Je vis Thierry sortir du bâtiment servant maintenant d'hôpital de brousse spécial métamorphe.

- Je peux la voir ? l'harponnai-je.

Il fit la grimace.

- Je préfère qu'elle évite tout stress.
- Hier, il fallait que je vous laisse le temps d'observer comment elle réagissait à la magie, aujourd'hui le stress, ça sera quoi demain ? m'énervai-je.

Mon incompréhension et mes craintes se transformèrent en colère. Mon corps se crispa. J'aurais eu des griffes, elles seraient sorties.

- Quelque chose ne va pas ? repris-je, inquiet.
- Non, non, elle va bien.
- Dans ce cas, je vais la voir.

Je l'évitai, me dirigeant vers l'entrée. Il me suivit.

- Hermorrhage ! m'interpela le doc.

D'un regard en arrière, je lui fis comprendre qu'il risquait gros à m'en empêcher. Ouvrant brusquement la porte, j'entrai. Deux gardes, surpris, me bloquèrent l'accès à la pièce principale. J'étais excédé : combien de personnes allaient encore m'empêcher de me rendre à son chevet ? Thierry, derrière moi, leur fit baisser leur arme.

- On va lui rendre visite, mais il faut que tu te calmes, tempéra-t-il.

Je pris une grande inspiration. *C'est bon, on y va ?!* Apparemment non… Quelques respirations plus tard, nous rejoignîmes le chevet de ma sœur.

Elle était en blouse blanche allongée dans un lit au-dessus des draps. Elle semblait avoir chaud. Son visage était encore gonflé autour de trois ecchymoses. Ses poignets étaient à vif, ses doigts fracturés avaient dégonflé. Je sentis la colère pointer.

- Salut sœurette.
- Thylian ! dit-elle.

Elle essaya de se redresser en grimaçant. La voir souffrir était difficile pour moi. Plus encore, en sachant que son bourreau était encore en vie.

- J'ai dit que tu ne devais pas bouger ! s'exclama Thierry.

Je vins l'embrasser sur la seule joue indemne. Elle fit de même avant de se rallonger.

- Alors comme ça, je suis obligé de venir te sauver…
- Mhhh.

Aucune pique, cela ne lui ressemblait pas.

- Comment vas-tu ? dis-je aussi doux que possible, cachant ma colère et mes craintes.
- Ça peut aller, dit-elle en posant les yeux sur son corps.
- Combien de temps te faudra-t-il ?
- Selon le docteur, six à huit semaines…Si tout va bien...

C'était énorme pour un métamorphe.

- Auras-tu des séquelles ? demandai-je de but en blanc.

Elle regarda Thierry.

- Il est trop tôt pour le dire, répondit-il.

Un silence s'installa, ce qui me permit de détailler la grande pièce. Cinq métamorphes étaient là, dans divers lits. Derrière un grand plastique, je distinguai une salle d'opération mobile. L'Alliance avait déplacé beaucoup de matériel médical. Maintenant, l'avant-poste était lourdement armé, en partie grâce aux armes acheminées par les Frères de Sang. Plus de cinquante métamorphes protégeaient la zone. Une première ligne de défense était implantée hors de la bulle magique, permettant l'usage des armes à feu et des télécommunications. Un second périmètre, cette fois à l'intérieur, était prévu contre les menaces magiques.

- Tu as eu le droit à sa batterie de tests ? questionnai-je léger.
- Tout un tas ! s'exclama Maëlys. Je crois que son préféré est celui sur la concentration du VLS.
- Ah ben oui, c'est un must have ! plaisantai-je.
- Si tu en parles autant, c'est que cela doit te manquer ! rétorqua le docteur à mon attention.
- J'avoue qu'à l'occasion… j'ai l'impression d'avoir trop de sang dans les veines… Ce qui est marrant avec vous, c'est qu'on ne sait pas si l'on va mourir de nos blessures ou d'anémie.
- En parlant de blessure, comment vont les tiennes ?

Et merde, j'aurais dû me taire.

- Impeccable.

Raté. Il me fit m'assoir et m'ausculta. J'y mis toute la mauvaise volonté du monde, ce qui amusa Maëlys. Puis, après deux minutes :
- Ta régénération est vraiment exceptionnelle. Mais je vais quand même te faire une prise de sang.
- Quoi ? dis-je surpris.

Ma sœur pouffa.

- C'est un must have ! reprit Thierry sur le ton de la vengeance.

Cela fait, il prit congé en m'autorisant une dizaine de minutes supplémentaires avec ma sœur.

- Alors comme ça, tu es avec Christophe ?

Ses oreilles devinrent rouges.

- Oui.
- Fais attention à lui, c'est un manipulateur.

Deux autres garous furent soudain intéressés par notre conversation.

- Il n'en a que pour son alpha et la Meute, repris-je sans concessions. Lorsqu'il aura obtenu ce qu'il veut de toi, il t'abandonnera.

Il t'a peut-être même séduite pour avoir un moyen de pression sur moi.

- Tu racontes n'importe quoi, c'est ton ami, le défendit-elle.
- Il s'est uniquement rapproché de moi sur ordre d'Arnaud.
- Tu dis n'importe quoi !

Elle se ferma. *Je t'aurai prévenu, petite sœur.*

- Le plus important est ton rétablissement. Repose-toi et n'en fais pas trop.

Nous nous dîmes au revoir. Je partis, laissant l'avant-poste derrière moi. Mon téléphone sonna : un message. Kéra avait tenté de me joindre. Son message était bref : elle m'invitait chez elle, ce qui me rendit anormalement heureux.

Chapitre 18

Trop d'objets enchantés tue !
Il a été prouvé que porter plusieurs objets enchantés peut les mener à entrer en dissonance. Ayant pour résultat l'apparition d'effets pouvant provoquer la mort. C'est pourquoi il est conseillé de n'en prendre qu'un seul sur soi. Pour plus d'informations, n'hésitez pas à vous rapprocher des boutiques certifiées Magie Française, sigle MF. Ces spécialistes sauront vous conseiller.

Publicité d'information publique

J'arrivai à l'adresse indiquée par Kéra dans le 5ᵉ arrondissement, non loin de l'université dont elle était directrice. Devant une lourde porte en fer forgé, j'actionnai la sonnette et attendis. Aucune réponse. Je réitérai la manipulation. Toujours rien. M'avait-elle posé un lapin ? Pour une fois que j'avais fait l'effort de mettre un pantalon… Je tapai à la porte, irrité. Silence. Énervé, je frappai plus fort, déformant le métal. Plusieurs passants me regardèrent en coin. *Quoi ? Vous voulez ma photo ?*

Kéra, habillée en vêtements de chasse orange fluo, ouvrit.

- Mais ça ne va pas la tête ?! dit-elle en découvrant sa porte abimée.
- Désolé… dis-je gêné.

Distante, elle me détailla, visiblement surprise.

- Qu'est-ce que c'est que cette tenue ? Tu sors d'un rendez-vous ?

Mon cœur saigne…

- Oui… enfin non… il a été annulé…

Elle fronça les sourcils.

- Rien de grave ?
- Non.

Il allait falloir que je me décide à lui parler : *Kéra je crois que je t'aime. Je ne suis pas sûr à cent pour cent car c'est assez nouveau pour moi… Non, ça ne va pas.*

- Comment va ta sœur ?
- Ça peut aller. Pourquoi m'as tu fais venir ?

Kéra j'ai de l'affection pour toi… Elle serait capable de mal le comprendre.

- Ça fait quarante-huit heures, il est temps de se préparer. Je t'en prie, dit-elle en se décalant pour me laisser le passage.

J'entrai. *Kéra, j'ai des sentiments pour toi, en as-tu aussi ?*
Ça fait trop bizarre.

Soudain je me sentis entrer dans une bulle magique. Je m'arrêtai, incertain. *Qu'est-ce que ça signifie ?* Kéra continua comme de rien n'était. Elle ouvrit une porte donnant sur un escalier et me regarda.

- Alors tu viens ?

Les marches semblaient mener au sous-sol. J'eus la sensation d'un piège.

- Pourquoi y a-t-il de la magie ici ? demandai-je, sur mes gardes.
- Tu es très sensible ! dit-elle légèrement surprise. Les métamorphes le sont-ils tous ?

Pas les métamorphes, je suis sensible… et dans la merde.

Je ne répondis pas à sa question :
- Les deux zones magiquement actives que j'ai pu croiser durant une vague tech étaient, selon toi, le fait des démons. Et j'en découvre une troisième chez toi…
- Oh, je comprends ! dit-elle, dans un déclic. Pardon, je n'y avais pas pensé. Je veux bien t'expliquer mais c'est confidentiel.

Comme par hasard…

- Je sais garder ma langue, je t'écoute.

- Je travaille sur un sort de zonage magique. Durant les phases magiques, cela emmagasine de la magie qui est restituée durant les vagues tech.
- Ce n'est pas possible. Durant les vagues technologiques, la magie ne peut pas fonctionner.
- Pourtant tu as été témoin de lieux magiquement actifs…
- Là tu me parles d'un sort.
- Est-ce vraiment différent ? Tu vois le mur donnant sur l'extérieur ?

J'observai un pan entier de glyphes.

- Ce sort agit comme une batterie : absorbant la magie quand elle est présente, et la relâchant quand elle vient à manquer.

Je restai incertain. J'étais incapable de vérifier ses dires.

- Comment m'as-tu soigné ? demandai-je cherchant la faille.

Elle comprit mes doutes : pour moi, ce n'était pas des soins conventionnels, encore quelque chose d'étrange à mettre à son actif. La liste commençait à devenir longue…

- Si tu ne me crois pas, je ne te retiens pas, annonça-t-elle.
- Réponds simplement à cette question, je verrai après.
- Je vais me débrouiller toute seule !
- On va peut-être risquer nos vies, j'ai besoin d'avoir confiance en toi.

Elle réfléchit.

- Ne parle jamais de ça. À personne ! Tu m'entends ?
- C'est compris.
- J'ai utilisé un sort mixte de guérison et de création de vie.
- De création de vie ? repris-je incertain.
- C'est un sort draconique. C'est normalement interdit aux humains.

Encore un truc invérifiable... et tellement gros... Mais ne dit-on pas : plus c'est gros, plus ça passe ?

- Où mène cet escalier ?
- À mon atelier. Mon armurerie, en quelque sorte.

Mouais... ou sa zone de sacrifice rituelle...

Pas totalement convaincu, j'avançai. Elle descendit dans la pièce souterraine en première. En haut des marches, je pris une grande inspiration. Je sentis l'odeur neutre de Kéra, celle de plantes, et de métal. Pas de sang. Je la rejoignis lentement, prêt à rebrousser chemin.
Je découvris une très grande pièce de plus deux cents mètres carrés. Elle semblait servir de bibliothèque, de réserve, d'atelier magique, de rangement et de salle d'entrainement. Cela aurait pu être la cave de batman version magique...

Elle se prend pour magique-woman...

Sur une table, je vis une série de fioles contenant liquide, poudre, et œufs de crapaud. Elle les mit dans ses poches. Ensuite, elle enfila son protège avant-bras gris en écaille.

Une fois prête, elle se tourna et posa ses yeux verts sur moi, me jaugeant :

- Qu'as-tu prévu d'emmener ?

La lame de ma claymore étant retournée au forgeron pour être refondue, je n'avais rien.

- Moi et mes griffes.
- On va tenter de mettre un peu plus de chance de notre côté.

Elle se dirigea vers le fond de la pièce. Elle ouvrit une vieille armoire en bois et en sortit une armure de cuir simple et sans ornements, ressemblant à un gilet. Elle était large et longue, sûrement prévue pour un géant.

- Mets ça ! dit-elle en me la donnant.

En l'enfilant, je vis une gravure à l'intérieur que je n'eus pas le temps de détailler. Kéra se plaça derrière moi et ferma les quatre boucles passant sur mes flancs. Cela me donna chaud dans le dos. Elle ne serra pas, laissant beaucoup de mou. L'armure était clairement trop grande pour moi, elle m'arrivait presque aux genoux. Soudain, Kéra me mit un coup dans la hanche gauche, comme si elle flattait un étalon. Une onde de chaleur se répandit.
Je me retournai, suspicieux.

- Ne va rien t'imaginer, le gros chat. Je vérifiais si tu ne mentais pas concernant ton rétablissement.

Un tigre bordel, pas un chat !

- Es-tu satisfaite ?

Elle fit une petite moue.

- Peux-tu prendre une forme de guerre ? Que je vérifie mes réglages.

J'aurais dû enlever ma chemise avant de passer cette armure... Tant pis pour le haut, mais il était hors de question de déchirer mon pantalon. Je me retournai et ôtai le bas. Sans attendre, je pris ma forme de loup-garou. La taille était parfaite, mais le serrage était encore un peu ample. Cela devrait également me convenir en tigre-garou. Je fis quelques mouvements de combat. La gêne était minime.

- Ça ira, déclarai-je avant de reprendre lentement forme humaine.

Avant d'avoir eu le temps de me rhabiller, elle réapparut dans mon champ de vision. *Heureusement que cette armure fait aussi jupe...*

- Maintenant une arme ! J'espère qu'elle te conviendra.

Sur une table d'enchantement, une claymore neuve attendait. Le métal gris foncé présentait quelques reflets bleus changeants. Mis à part ça, elle était aussi simple que possible.

- C'est un objet magique que tu ne pourras pas activer, mais cela reste une bonne arme.

Elle m'invita à m'en saisir, ce que je fis. La prise en main était différente comparée à Pimprenelle, le pommeau était plus large. La lame mesurait quelques centimètres de plus, sûrement trois ou quatre. Je simulai une attaque. Je fus saisi par l'équilibre de la lame. Cette arme surpassait largement tout ce que j'avais pu essayer.

- Comment s'appelle-t-elle ? demandai-je impressionné.
- C'est une arme, pourquoi aurait-elle un nom ?
- Tu en as même pas donné à ton katana ?

Elle secoua la tête, comme si c'était la dernière de ses préoccupations.

- Tu n'as qu'à lui en trouver un, déclara-t-elle.
- Si tu ne veux pas lui donner de nom, je ne lui en donnerai pas.

Elle réfléchit.

- Tu n'as qu'à l'appeler Sekhmet.

Bonjour Sekhmet, merci de ne pas casser comme toutes mes claymores… J'aimerais te rendre entière à Kéra.

Kéra me frôla, prenant la direction de la sortie. J'eus à nouveau une étrange sensation de chaleur. Soudain, je compris : elle débordait littéralement de magie.

- On y va ? lança-t-elle.

Je ne sais plus trop, est-ce vraiment une bonne idée d'aller à leur rencontre ? Et dire que je m'étais fixé de ne frôler la mort qu'une seule fois cette année...

- Allons-y ! Tu me connais, j'adore faire de nouvelles rencontres...

Ou pas...

Chapitre 19

Les démons apparaissent sur terre depuis fort longtemps. De nombreuses engeances, malédictions et fléaux leurs sont dus. Diverses civilisations leur ont opposé une résistance farouche, comme les Égyptiens. L'église a jadis joué un rôle important, avant que la recherche du pouvoir ne la pervertisse. Aujourd'hui encore, les prières sont de redoutables armes contre ces créatures venues d'un autre monde. Les démons sont-ils pour autant tous mauvais et malfaisants ? Rien n'est moins sûr. Une récente étude a mis en évidence que les licornes seraient originaires du même monde que les êtres que nous nommons communément « démons ».

Extrait d'une thèse censurée

- Tu n'aurais pas dû impliquer d'autres personnes, me réprimanda Kéra.
- Ils vont nous préparer l'entrée et la sortie… dis-je.

Et intercepter ce qui pourrait s'échapper. Mais vu comment tu le prends, je vais le garder pour moi.

- Tu n'aurais pas dû, répéta-t-elle.

- Il faudrait que tu argumentes un peu plus, parce que j'ai du mal à te comprendre.

Elle se mura dans le silence. *Super l'argumentation !* Dans sa voiture, nous remontâmes Paris. Nous traversâmes les barrages des Frères de Sang, maintenant abandonnés, jusqu'à atteindre Saint-Denis. Quelques minutes plus tard, Kéra, visiblement contrariée, s'arrêta à côté d'un charriot attelé à deux chevaux. Ma meute nous attendait. Je fis des présentations rapides. Kéra leur adressa à peine la parole, seul Éther s'en sortit bien avec une petite caresse.

- Vous avez le matériel ? demandai-je.

- On a tout ce que qu'il faut pour casser ces murs, même un marteau-piqueur, confia Alf.

- Même si on est à plus d'un kilomètre de la zone supposée, on va tenter de limiter le bruit.

Je me tournai vers Kéra pour avoir son avis.

- Tu fais comme tu veux, me renvoya-t-elle toujours mécontente.

Je fis un signe de tête à Sébastien. Il saisit une masse dans le chariot et commença à démolir les parpaings condamnant l'accès. Rapidement, il réalisa un trou pour nous laisser entrer. Kéra s'y engouffra.

- Vous ouvrez la seconde sortie dans une heure. Et ne venez pas nous chercher. Si nous ne remontons pas, vous ne pourrez rien faire pour nous, conclus-je rapidement.

Je franchis le trou. Maggie me tendit mon arme, un petit sac à dos et une lampe. Éther apparut, les yeux inquiets.

- Tu restes avec Maggie. Je compte sur toi.

Je leur tournai le dos et courus pour rattraper Kéra. Rapidement nous dûmes allumer nos lampes torches. Nous arrivâmes sur les quais d'une ancienne station de métro. Nous scrutâmes chaque recoin à la recherche de signe inhabituel. Ne trouvant rien, nous descendîmes sur les voies en direction du sud.

Rapidement, j'entendis un bruit suspect. Je m'arrêtai pour me concentrer sur mon ouïe. Soit c'était mon imagination, soit les pas de Kéra le couvraient. Je pointai le faisceau de ma lampe dans la direction du bruit supposé. Il ne dévoila rien non plus. Je repris ma progression.

Le tunnel en lui-même semblait sain et aucun signe n'indiquait qu'il était fréquenté. Cependant, les rails, complètement rouillés, étaient manquants à plusieurs endroits, comme si quelqu'un était venu se servir.

Avec de la chance, on va seulement rencontrer quelques astacoidres… et ceux-là, je les mangerai !

J'entendis un bruit de pierre derrière nous. Je me retournai, je n'eus le temps d'apercevoir que deux yeux miroitant dans le noir. Lorsque je pointai ma lampe, la créature s'était déjà cachée.

Rattrapant Kéra :
- Quelque chose nous traque, chuchotai-je. Cela semble rester à distance.

- Je nous en débarrasserai silencieusement dès que nous entrerons dans la zone magique, annonça Kéra d'un ton détaché.

Alors tout va bien…

Nous parcourûmes un kilomètre sans que la chose nous attaque. La créature était silencieuse, sans mon ouïe de métamorphe, je ne l'aurais jamais entendue. Cependant, depuis quelques dizaines de mètres, les bruits se rapprochaient peu à peu. Elle semblait moins attentive, moins furtive. Cette impression d'être suivi était oppressante, à tel point que cela m'obnubila. Je ne pus m'empêcher de me retourner brusquement. Mon faisceau de lumière s'arrêta sur Éther, vingt mètres derrière nous. Pris sur le fait, il resta immobile, comme si cela pouvait le rendre invisible.

Je vais en faire une carpette !

Il s'aplatit, se préparant à se faire gronder. Heureusement pour lui, nous étions près de la zone magique, et donc des hypothétiques démons. Il était hors de question de m'énerver ici. Je lui fis signe de venir. Il hésita entre courir ravi et faire profil bas. Il opta pour la seconde option, les oreilles rabattues et la mine déconfite.

- Tu dois repartir, chuchotai-je mécontent en pointant le tunnel.

Il se coucha juste devant moi.

- Allez Éther !

Affligé, il agita la tête : non.

- Dans ce cas, tu attends ici ! ordonnai-je, presque à haute voix.

Agacé, je repris ma route. Il fallut trois minutes pour que j'entende à nouveau son cirque derrière nous.

Les Nyx, intelligents ? J'ai un doute !

Je ne me faisais pas d'illusion, il ne rejoindrait pas la surface tout seul et il ne m'attendrait pas non plus. Au vu de l'humeur de Kéra, la faire patienter était aussi mal engagé. Ainsi, je me résignai à le laisser nous suivre. Tant qu'il restait loin et discret, je m'en contenterais.

Peu après l'arrêt « Porte de Paris », nous entrâmes dans la zone magique. Nos lampes électriques s'éteignirent alors que mes sens atteignirent leur apogée grâce au VLS. Kéra alluma une petite torche et nous reprîmes notre progression, plus lentement. Je détectai des traces de passage et des excréments inconnus. Au loin, je vis des protubérances étranges. Je les indiquai à Kéra. Nous approchâmes prudemment. Devant nous, une végétation étrange prit place. Des énormes champignons noirs de presque un mètre poussaient à l'envers, enracinés dans le plafond. S'échappant de ces derniers, de fins filaments fluorescents retombaient jusqu'à mi-hauteur du tunnel. Nous décidâmes de presque ramper afin d'éviter tout contact. Après une vingtaine de mètres, à quatre pattes, les champignons laissèrent place à une végétation variée, mélange de mousses aux couleurs vives, de lianes aux fruits en forme de cône et d'anémones inconnues. C'était à la fois beau et inhospitalier, comme si nous entrions dans un monde totalement inconnu. Comme par hasard, la tenue de chasse orange de mon binôme se mariait presque parfaitement à cet environnement.

Derrière nous, Éther nous suivait toujours, presque furtif. Je lui fis signe de me rejoindre. Il accourut presque.

- Reste derrière et fais attention, lui dis-je, préférant prendre les devants de ses probables bourdes.

Ouvrant la marche, Kéra entra dans la végétation. Nous évitâmes au maximum de toucher cette flore inquiétante. Nous avancions prudemment, quand les premiers bruits nous parvînmes. Un peu plus loin, j'entendis des voix dans une langue gutturale. Soudain, une plante en forme de tube orange, cracha un liquide au passage de Kéra. Le liquide la manqua de peu. Nous nous immobilisâmes, découvrant que les murs en étaient tapissés. Kéra brandit le fourreau de son katana devant les plantes, il ne se passa rien. Nous reprîmes plus lentement. Marchant sur une liane, je reçus un jet d'acide sur mon mollet droit. La douleur fut vive. Je retins un cri et faillis mettre mes mains sur la blessure attaquée par le liquide. La mâchoire serrée, je m'accroupis, laissant le temps au VLS de neutraliser l'action de l'acide. Kéra articula quelques mots sans un son :
- Mets de l'eau, lus-je sur ses lèvres.

Je sortis une gourde avant d'asperger la brûlure. Cela arrêta la corrosion et fit apparaitre un trou de 2 centimètres de profondeur. Nous restâmes immobiles quelques instants. La gourde à la main, je me relevai, marchant à nouveau sur la liane. Le tube m'ayant éclaboussé crachota, sans avoir plus d'acide à envoyer. J'informai alors Kéra et Éther de ne pas marcher sur les lianes servant apparemment de détecteurs. Notre progression fut lente et difficile.

À mesure de notre avancée, des bruits variés et une lumière rouge nous parvinrent. Cela nous obligea à éteindre notre torche, compliquant encore notre approche. Soudain, nous fûmes à l'orée du tunnel. Nous découvrîmes une immense grotte nouvellement creusée. Plus grande qu'un hyper-marché, la caverne était composée d'une partie centrale surélevée. D'immenses piliers végétaux soutenaient le toit en un cercle concentrique, lui-même autour de l'élément dominant. Une dizaine de démons semblaient superviser le travail d'une trentaine d'autres. Je compris rapidement que les gros colliers autour du cou des plus nombreux avaient une signification bien connue : ils étaient esclaves. Les captifs étaient de tailles et formes variables, mais tous ressemblaient à un mélange de bêtes tirant sur l'humanoïde. Ils me faisaient penser au démon que nous avions combattu plusieurs semaines auparavant : celui scellé en moi. Les contremaitres étaient quant à eux différents, plus proches de la représentation du diable. Ils étaient cependant petits, la majorité faisant moins d'un mètre cinquante. Leur peau marron foncée était renforcée de plaques de chitine noire. Tous avaient en commun deux bras, deux jambes, une queue de diablotin et une paire d'ailes. Leur tête triangulaire laissait apparaitre deux cornes épaisses, ainsi que plusieurs piques le long de leur colonne vertébrale. Malgré l'efficacité redoutable des esclaves à agrandir la grotte, les différents chefs semblaient prendre plaisir à les malmener. Kéra s'approcha de moi. Elle toucha ma tempe, puis celle d'Éther. Je ressentis alors l'angoisse d'Éther mêlée à une envie de rester à mes côtés. Kéra saisit la tête de mon compagnon.

- Éther, c'est moi, dit-elle télépathiquement. Il ne faut pas faire de bruit, c'est d'accord ?

Sans explication, mes oreilles bourdonnèrent soudain. Éther lui répondit en nous envoyant une image de moi lui apprenant à faire oui de la tête. M'observer par les yeux d'un autre fut assez étrange.

- Parfait. Il semblerait que le groupe de démons que nous avons combattus ait été supplanté par un autre. Je détecte une source colossale de magie au centre de la zone. Il va falloir se rapprocher, annonca Kéra télépathiquement.
- Sans se faire repérer, ça va être compliqué, pensai-je dans ma tête.
- La discrétion ne me semble pas obligatoire. Le démon le plus puissant que j'ai repéré a sept cornes et la majorité n'en ont que quatre. Par contre attention, certains démons ont d'importantes excroissances au niveau des épaules. Ce sont des cornes !

Encore un truc vachement pratique... Ils ne peuvent pas avoir des numéros sur le front, ça serait plus simple...

- C'est sûr... me répondit Kéra.

Merde, elle entend tout ce que je pense. Mes acouphènes augmentèrent.

- C'est l'idée, renchérit-elle.
- Hop Hop Hop, on arrête ça tout de suite ! pensai-je.
- Pour nous coordonner, je vais tenter de maintenir ma télépathie aussi longtemps que possible.

C'est du voyeurisme !

- Concentre-toi ! Donc l'idée est simple : dans l'idéal, on tue tous les démons.

Les bourdonnements se firent soudain plus forts. Le lien télépathique se brisa.
- *LIBÈRE-MOI !* hurla Kuppit.

J'étais toujours avec Éther et Kéra. Cette dernière m'interrogea des yeux, ne comprenant pas la rupture du lien. Elle s'agita, essayant de communiquer avec moi par des gestes.

- *Relâche-moi et les miens combattront à tes côtés*, reprit le démon.
- *Il faut te le dire dans quelle langue ? Je ne te relâcherai jamais !*

Il rugit de colère.

Kéra s'alarma de mon absence de réaction. Je lui fis comprendre de me laisser un peu de temps, comme si j'étais pris d'un malaise.

C'était la première fois qu'une communication s'établissait entre le démon et moi alors que j'étais conscient. Pourquoi aujourd'hui et maintenant ?

- *Laisse leur la vie sauve*, négocia Kuppit.

Un démon qui se préoccupe des siens, on aura tout vu !

- *Que connais-tu de nous pour penser cela ?*

Comment peut-il lire dans mes pensées ?
Je compris alors qu'il avait détourné le lien télépathique.

- *Tu es un idiot*, s'enflamma-t-il. *Les Nocs ont repris mon plan : ils vont envahir ton monde.*
- *Qui sont les Nocs ?*
- *Un clan ennemi.*
- *Comment les arrête-t-on ?*
- *Libère-moi et je te le dirai.*

Je m'apprêtai à faire le vide dans mon esprit pour rompre le lien.

- *Très bien ! Très bien ! Ne tue pas les miens et je te dirai comment l'empêcher*, renchérit Kuppit.

Je fis en sorte de cacher ma réflexion, tentant de séparer le canal de communication de mes pensées. J'avais abordé cette pratique durant un cours de travaux pratiques lors de ma première année de faculté. Autant dire qu'il y avait une chance sur deux pour que j'y parvienne.

- *J'accepte*, tranchai-je après réflexion, incertain des conséquences de ma décision. Je ne tuerai pas les siens, mais Kéra pourrait toujours le faire...
- *Trouve les cristaux et détruis-les.*
- *Mais encore ?*
- *Dès que je les ressentirai, je te le dirai.*

C'est tout ?! Quel manipulateur... Jamais, jamais, je ne le libèrerai.

Le silence revint dans ma tête. Pouce en l'air, j'indiquai à Kéra que j'étais opérationnel. Nous sortîmes nos armes. Je pris ma forme de loup-garou. Kéra insuffla de la magie à son armure d'avant-bras. Cette dernière se mit à s'étendre : des écailles grises se développèrent sur sa main et le haut de son bras. Puis des épaulettes se formèrent, après quoi l'armure se propagea sur le reste de son corps.

Je veux faire pareil avec mon armure...

Alors que j'indiquais à Éther de ne pas bouger, Kéra sortit du tunnel et fonça en silence vers le contremaitre le plus proche. Il mourut sans comprendre ce qui lui arrivait, comme les deux esclaves devant lui. Elle continua sur sa lancée en direction de la zone centrale. Elle ne put s'empêcher de légèrement dévier pour s'en prendre à d'autres démons. Hélas, un esclave la remarqua et poussa des cris angoissés, avertissant tout le monde de sa présence. Elle fit un échange d'arme avec un démon noir alors que les opprimés dont il avait la charge s'enfuyaient. Je la rejoignis rapidement et interceptai un nouvel adversaire. J'abattis Sekhmet. D'un battement d'ailes, le démon esquiva mon coup. Heureusement que la hauteur de la grotte ne dépassait pas les cinq mètres, sans quoi atteindre ces volants aurait été impossible. Je fis un large arc de cercle au-dessus de ma tête. La pointe de ma lame toucha le plafond, mais pas mon adversaire qui partit sur la gauche. Je feintai une nouvelle attaque, il esquiva à nouveau, partant à droite. Déjà en mouvement, il ne put esquiver que partiellement mon véritable coup. Blessé, il succomba peu de temps après. Kéra avait creusé l'écart, jouant du katana. L'agitation se répandit à la vitesse du vent. Certains esclaves prirent la fuite alors que d'autres attaquaient leurs tortionnaires. Certains colliers s'illuminèrent, infligeant souffrance ou mort sans réelle logique. Les esclaves restants se rebellèrent tous. Nous profitâmes de la confusion pour rejoindre un pilier végétal. Nous grimpâmes trois marches d'un mètre chacune pour atteindre la zone surélevée.

À plus de soixante mètres, proche du centre de la grotte, nous découvrîmes cinq immenses cristaux. Chaque cristal brillait de multiples couleurs changeantes. Tous mesuraient plus d'un mètre. Au sol reliant chaque cristal, j'aperçus des tracés rouge foncé. Sur la gauche, une centaine de corps humains, d'animaux et de démons gisaient là, sans vie. Sur l'ensemble de la plateforme, une vingtaine de démons à la cuirasse noire s'affairaient. Ils ne semblaient pas se rendre compte de l'agitation, pourtant immanquable, du niveau inférieur. Peut être s'en fichaient-ils.

- *Les cristaux sont proches*, m'indiqua Kuppit.

Sans déconner ?!

Je tentai de rompre le lien télépathique, en vain. J'étais incapable de faire le vide dans mon esprit et je n'en avais pas le temps.

- *C'est bon, je les vois*, lui indiquai-je pour qu'il me laisse tranquille.

Kéra avança. Elle pointa son katana en avant. Il rencontra un bouclier. Elle accentua la pression de sa lame, le champ de force ne bougea pas. Certains démons à l'intérieur nous remarquèrent. Je comptai un huit cornes et un sept cornes. Les démons du haut étaient plus puissants que ceux d'en bas, ce qui ne m'inspira pas confiance. Kéra mit la main sur le mur invisible, puis s'entailla profondément l'index. De son sang, elle traça une patatoïde directement sur le bouclier. Les démons s'alarmèrent, criant dans leur langue gutturale. Puis elle força difficilement le passage, comme si elle passait à travers un film plastique assez résistant.

- Allez viens ! m'ordonna-t-elle.

Je fis de même, passant à travers l'affaiblissement qu'elle venait de créer. Plusieurs Nocs volèrent à notre rencontre. Nous fûmes rapidement encerclés. Les démons parlèrent entre eux, puis rigolèrent avant d'attaquer. Kéra fut assaillie par deux adversaires, et moi par quatre. *C'est elle, la plus forte, je vous signale.* Je subis leurs assauts, restant sur la défensive. J'analysai leurs attaques, tout en essayant de compter leurs cornes. Kéra semblait s'économiser, n'usant d'aucune magie. Une ouverture me fut offerte. J'attrapai un démon par l'aile et l'envoyai contre l'un des adversaires de Kéra. Cette dernière leur porta deux coups de Katana, mortels. Mon action me valut plusieurs estafilades, mes trois adversaires en ayant profité eux aussi. Je réduisis l'amplitude de mes mouvements durant plusieurs échanges infructueux. Les démons s'y habituèrent, se rapprochant peu à peu de moi. Quand l'habitude fut certaine, je surpris l'un de mes opposants, le blessant grièvement. Kéra vint à bout de son dernier adversaire. À deux contre deux, les démons rompirent le combat, sans pour autant s'enfuir. Nous avançâmes, ils reculèrent, lançant de petits assauts d'intimidation alors que nous progressions. Au centre, les démons s'étaient regroupés autour d'un gigantesque cercle rituel. Deux autres démons vinrent à notre rencontre, l'un plus petit qu'un homme, l'autre presque aussi grand que moi. Le plus imposant me chargea. Je fis de même, ma claymore pointée sur lui. Il se ravisa et tenta d'esquiver d'un coup d'aile instinctif. Trop grand, il toucha le plafond. Je lui ouvris le ventre. Je vis alors Kéra valdinguer quatre mètres en arrière. Le petit démon en profita pour lui sauter dessus. Il frappa deux fois violemment le bouclier magique protégeant la guerrière. Kéra semblait désorientée car elle ne riposta même pas. Les deux premiers démons restés en retrait profitèrent de l'occasion pour me blesser malgré mon armure. En réponse, je réussis à transpercer l'un d'eux. Lorsque mon regard revint à Kéra, le petit démon semblait avoir glissé ses mains dans une fente invisible, et tentait de déchirer la protection magique. Peu à peu, il l'écarta comme un voile. Kéra, allongée sur le dos, lui asséna deux coups maladroits qui ricochèrent sur la fine chitine. Je fonçai à sa rescousse, tout en comptant ses cornes : neuf. Cet adversaire allait être plus coriace. Dernière moi, un éclair blanc et rouge foudroya le menu fretin s'apprêtant à m'attaquer en traitre. Éther m'avait encore désobéi. Est-ce que « ne pas bouger » était si difficile ?

Il ne nous restait plus qu'un adversaire : celui sur Kéra. Alors que j'arrivais à son niveau, il bondit en arrière, préférant me faire face plutôt que de venir à bout du bouclier de Kéra. C'était un adversaire à prendre avec précaution. Il était deux fois plus petit que moi, pourtant il ne semblait pas impressionné. Nous échangeâmes quelques assauts, nous testant. Kéra se releva, katana levé, prête à en découdre. Soudain, les cristaux géants grésillèrent. L'atmosphère devint lourde. Une lumière rouge intense nous aveugla. Une main devant les yeux, les doigts légèrement écartés, je vis une sphère, tel un soleil écarlate. Au centre du rituel, le globe était relié aux cinq cristaux par de la magie condensée, comme des arcs électriques vermillon.

- Fait chier, jura Kéra.

La boule grandit rapidement, puis s'étira pour créer un cercle. Une explosion retentit. Une seconde plus tard, nous fûmes tous soufflés par une déflagration de magie. J'eus soudain l'impression d'être dans une pièce en feu, ma peau brûlant sous l'effet d'une quantité de magie phénoménale. Malgré la sensation de m'embraser, je me relevai. Kéra avait déjà repris le combat. Devant nous, le soleil rouge avait laissé place à un portail de quatre mètres de diamètre vomissant de la magie.

- Il faut arrêter ce sort ! Si le seigneur des Nocs réussit à venir dans ton monde, personne ne pourra l'arrêter, m'avertit Kuppit. *Laisse-moi t'aider, libère-moi.*

Kéra rompit le corps à corps avec son adversaire. Elle fit trois gestes d'activation. Un puissant éclair jaillit de ses mains et percuta le petit démon. Ce dernier riposta immédiatement après, sans aucune séquelle apparente.

- Hermo, je te le laisse. Je vais mettre fin à ce sort, m'informa Kéra.

Je vis alors des démons franchir le portail, envahissant notre monde. Ma partenaire se mit à courir. Je m'interposai entre elle et le petit démon. Il tenta de me contourner, mais je réussis à l'en empêcher. Il essaya à nouveau en s'envolant. Lui courant après, je lui saisis une jambe et le frappai avec ma claymore. Cette dernière rebondit comme sur de la pierre. Il força, comme pour me soulever avec lui, se moquant de mon attaque. Je lui enfonçai la pointe de ma lame dans l'entre-jambe. Elle ripa.

Comment se reproduisent-ils ? Et ils ne chient jamais ?!

Changeant mes appuis, plantant mes griffes dans le sol, je le projetai dans la direction opposée à Kéra. Il percuta le sol. Ne lui laissant aucun répit, Sekhmet tenue à deux mains, je lui assénai ma plus puissante attaque. *Tiens le coup*, priai-je à l'attention de ma lame. Frappé en plein poitrail, le démon fut projeté à plusieurs mètres. *Gentille claymore !* Alors qu'un métamorphe aurait fini coupé en deux, le petit démon se releva, chancelant, avec à peine une éraflure dans sa fine cuirasse.

Putain, il est en diamant ou quoi ?

- *Libère-moi et je m'occuperai de lui. Je vous aiderai même à arrêter l'invasion !* renchérit Kuppit.
- *Laisse-moi me concentrer !*
- *Le temps presse...*
- *Tu m'emmerdes ! Je ne sais pas comment te libérer !* m'énervai-je.

Je repartis à l'assaut de mon adversaire encore légèrement sonné. Visant ses yeux, je m'appliquai sur la précision de mes coups. Il se contenta d'esquiver, se donnant du temps pour récupérer. Ma claymore toucha plusieurs fois sa tête sans atteindre son but. C'était comme essayer d'enfiler du fil dans une aiguille tout en descendant des montagnes russes. Il reprit du poil de la bête, passa ma garde et me griffa le visage. Je tentai de faire de même mais il reprit ses distances.

Plus loin, plusieurs démons étaient venus à la rencontre de Kéra. Elle déploya toute son énergie à avancer aussi rapidement que possible : coup de katana, éclair, coup de pied, éclair, souffle de feu... Une vraie tigresse.

Cela me reboosta. Je changeai de technique : lui portant des coups puissants mais peu précis. Il entra pour la énième fois dans ma zone de corps à corps. Alors qu'il m'arrachait poils et peau dans une attaque, je lui envoyai un puissant coup de poing. Il fut légèrement sonné, ce qui me permit de le saisir à la gorge. Ma patte faisait le tour quasi-complet de son cou, je serrai le plus fort possible. Il se débattit pour tenter de se dégager, mais il ne sembla pas manquer d'air. Il m'entailla le bras. Je le plaquai à terre et mit une partie de mon poids sur lui afin de l'immobiliser. Lame pointée sur son visage, je tentai d'atteindre ses yeux. Il ne cessa de remuer, m'empêchant de parvenir à mes fins. Je remontai légèrement ma main lui tenant le cou afin de bloquer ses mouvements de tête. Enfin, je réussis à glisser mon arme dans sa bouche. Appuyant de tout mon poids, je réussis à forcer sa mâchoire. Sekhmet parcourut son crâne comme un couteau ayant percé une croute coriace. Le corps du démon devint flasque.

Je me remis immédiatement sur pied. Malgré la sensation d'être incinéré par la magie déferlant du vortex, mes blessures avaient commencé à régénérer. Je remarquai Kéra reculant. Elle était en lutte avec trois démons et d'autres arrivaient encore. Tout à coup, une imposante silhouette se dessina à travers le portail.

- *C'est trop tard, vous êtes morts !* m'apprit Kuppit.

Un démon ailé apparut quelques secondes plus tard. Il était comme ses semblables mais complètement noir. Malgré ses ailes repliées, elles raclèrent le plafond. Il avait des bras très longs, finissant comme par hasard par de jolies griffes. Sa cuirasse semblait épaisse mais elle ne protégeait qu'une partie de son corps. Sa tête était impressionnante. Sur le haut de son crâne quatre cornes étaient visibles. De chaque côté, deux grosses formaient presque un V, avec entre elles, deux plus petites. Une excroissance osseuse prolongeait également son menton de trente centimètres. Enfin, un nombre indéfini de pics descendaient le long de son dos.

- Tu as de la chance, ce *n'est qu'un lieutenant... Il faut fermer le portail, maintenant ! Il est encore temps de briser mes chaines...* insista Kuppit.

Il est bouché ou quoi ? Comment devrais-je lui dire ?

- Tu connais ce démon ?
- De nom. Il aurait acquis sa dixième corne il y a quelques années.

Si le lieutenant était aussi fort que Kuppit, je ne préférai pas imaginer la puissance du seigneur. Il fallait refermer ce passage au plus vite. Je rejoignis Kéra, la débarrassant au passage d'un indésirable.

- Comment arrête-t-on ce portail ? demandai-je, entrant dans le combat.
- La façon la plus simple est de détruire un cristal, cria-t-elle.

Nous nous débarrassâmes rapidement des ennemis proches.

- Je prends à gauche, décidai-je.

À une trentaine de mètres des premiers cristaux, nous partîmes chacun d'un côté, contournant les démons restants. Soudain, un cri aigu perça le brouhaha. Une onde magique déchirante m'ébranla. Mon armure émit une pulsation, créant un bouclier éphémère qui contra l'étrange attaque. Cherchant l'origine de cette attaque, je découvris le lieutenant à équidistance de nos deux objectifs. Il ouvrit la bouche dans ma direction, un son strident m'abima les oreilles avant que je sois traversé par une onde magique. Cette dernière me lacéra instantanément en quinze endroits. Je mis un genou à terre. Les plaies et la douleur furent identiques à quinze coups d'épée. Je vis le démon renouveler son attaque. Kéra apparut face à moi, s'interposant entre nous. Elle me saisit les épaules, m'incitant à rester baissé. L'offensive percuta le bouclier de Kéra, qui tint bon.

- Tu aurais dû profiter de l'occasion ! la sermonnai-je.
- Tu serais mort avant que je n'aie atteint le cristal, déplora Kéra. Il aurait alors eu tout le loisir de s'occuper de moi.
- Il faut absolument détruire ces cristaux. Et vite...
- Ce n'est pas morts que l'on y arrivera. Comme tu as dû deviner, il use de magie.

- *Si tu trouvais un moyen de me faire sortir, je pourrais*...intervint Kuppit.

- La ferme ! criai-je excédé.

Kéra, les yeux ronds, tomba des nues.

- Ce n'est pas à toi que je parlais, tentai-je de me justifier embarrassé.

Elle fronça les sourcils.

- Je t'expliquerai, repris-je.
Si on s'en sort.

Toujours recroquevillé derrière Kéra, nous subîmes une nouvelle attaque sonique. Mon sang commençait à imprégner le sol. Mes blessures étaient plus sérieuses que je l'avais imaginé.

- Tu as une idée pour l'aborder ? repris-je.
- Nous allons avancer ensemble. Reste derrière moi jusqu'à ce que l'on puisse l'engager au corps à corps.
- Ok.

Elle se leva et avança droit vers le démon. Je me mis à quatre pattes pour rester abrité, tout en jetant des coups d'œil furtifs. Kéra encaissa une salve magique. Soudain, une dizaine de petits démons, restés en retrait, nous chargèrent. Nous entamâmes un affrontement largement en notre faveur. Ils étaient faibles, mais leur nombre stoppa notre progression. Nous combattîmes dos à dos avec une redoutable efficacité. Alors qu'il ne nous restait plus que deux opposants en état de se battre, un cri aigu nous faucha tous. Les petits démons moururent sur le coup, alors que j'écopais de trois nouvelles blessures pour m'être mal mis à couvert derrière Kéra.

Il nous restait encore quinze mètres à parcourir pour atteindre le lieutenant lorsqu'une forme lointaine se dessina dans le portail. Le grand démon nous faisant face fit un sourire carnassier : son seigneur arrivait. La situation était critique, un autre puissant démon serait ingérable. Soudain, du mouvement au niveau du cristal le plus éloigné attira mon regard. Je découvris Éther s'acharnant sur le minéral, le griffant sans relâche.

- Éther ! Envoie tout ce que tu as ! Maintenant ! hurlai-je.

Le démon nous faisant face ne sembla pas me comprendre, ni même avoir détecté mon compagnon à poil. Éther redoubla d'énergie, il prit de l'élan et bondit sur le bloc, comme pour le bousculer.

Mais qu'est-ce que tu fais... Tu fais quarante kilos tout mouillé !

Il se dressa sur ses pattes postérieures pour pousser le cristal. Sans effet. Il changea alors de technique. Le cul en l'air, en appuie sur ses pattes avant, il insista à nouveau. Encore sans effet. Je déprimai. La silhouette du seigneur démon s'affina. Dans quelques secondes, il serait là. Soudain, trois éclairs blanc et rouge frappèrent le cristal, le fissurant. Les flashs de lumière alarmèrent le lieutenant. Il se retourna et découvrit Éther. Je me précipitai sur notre adversaire. Le démon visa mon compagnon. J'étais trop loin, trop lent. Une attaque magique m'effleura et percuta le démon en pleine tête. Cela lui fit rater son attaque sonique. Je sautai sur ma cible, le déstabilisant avant qu'il ne réitère.

- Éther, continue ! criai-je pour l'encourager.

Le lieutenant me repoussa violemment. Une nouvelle fois, la salle fut illuminée de blanc et rouge. Le cristal se brisa. Sans bruit, un souffle magique aussi puissant qu'une déflagration balaya la grotte. Le portail disparut aussitôt. Le lieutenant démon hurla de colère. Profitant de l'ouverture, je lui portai une attaque. Ma lame atteignit son aisselle droite et perça son épaisse peau de plusieurs centimètres. Il riposta rapidement, m'obligeant à reculer.

Kéra arriva à ma rescousse. Elle aussi réussit à le blesser. Instinctivement, le démon se tourna vers elle. À bout portant, il fit son cri aigu. La protection de Kéra ondula. Sans son bouclier magique, elle serait morte sur le coup. Je me précipitai sur le démon afin de ne lui laisser aucun répit. Il fit volte-face vers moi. Il ouvrit la bouche. Je sautai pour esquiver. Au vol, sa magie me blessa grièvement les jambes. Je fis un roulé boulé pour me réceptionner. Mes mollets et mes cuisses étaient ouverts, même mes tibias étaient incisés. La douleur était atroce. Kéra vint me protéger. Je me relevai difficilement, les jambes tremblantes, dégoulinantes de sang.

- *Laisse-moi t'aider !*

J'ignorai Kuppit.

Notre adversaire en profita pour prendre ses distances, tout en nous harcelant de sa magie. Il était clairement plus faible au corps à corps. Et nos coups, aussi peu nombreux soient-ils, l'avaient blessé. Il fallait tenir bon. C'est alors que je vis Kéra grimacer à la suite d'une énième onde sonique. Je découvris avec stupeur plusieurs lacérations dans son armure, certaines sanguinolentes. Son bouclier faiblissait. Elle croisa mon regard alarmé.

- On va y arriver, déclara-t-elle avec un sourire forcé.

Étrangement, une flaque d'eau s'était formée à ses pieds, grossissant peu à peu. Elle rencaissa un nouvel assaut. Soudain, son armure d'écailles commença à se rétracter. Elle se baissa et mit les mains dans l'eau. Cette dernière ondula. Kéra se releva, plusieurs litres d'eau lévitant devant elle. Elle agita les mains. L'eau s'étira pour former un écran d'environ deux mètres. Le démon attaqua à nouveau. Son attaque fut encaissé par le mur d'eau, qui ondula, comme si plusieurs pierres venaient d'y être lancées.

- Laisse-moi quelques instants pour m'habituer, dit-elle.

Kéra déforma sa création, la fit se déplacer, bloquant par la même occasion chaque assaut magique. Cela semblait presque trop beau : nous tenions notre avantage décisif. Le démon, irrité, accéléra la cadence. Il jouait clairement l'épuisement.

- Je te laisse l'honneur de l'attaquer, déclara Kéra, une fois prête.

Laissant derrière moi une flaque de sang, je dépassai Kéra. Son mur d'eau vint se placer un mètre devant moi, devançant ma progression. À cinq mètres du démon, Kéra derrière moi, je me préparai à taper. Il cria à nouveau. Je franchis le voile d'eau, lui portant un coup d'estoc. Légèrement blessé, le démon recula. Le mur d'eau se reforma devant moi, juste à temps pour absorber le son magique. Immédiatement, je ripostai, le touchant à nouveau. Nous tenions notre moyen de le vaincre. À la quatrième blessure, tout bascula : le lieutenant battit des ailes, le voile d'eau se désolidarisa. Il en profita pour crier. J'eus à peine le temps de me protéger le visage. Je fus tailladé de toutes parts. Le temps ralentit alors que je m'enfondrais. J'espérais que cette fois encore, à l'article de la mort, je puisse emprisonner ce démon. Mais c'était sans compter sur Kuppit...

- *Il est hors de question que je meure ici, stupide humain !* me fustigea Kuppit.

Je me sentis soudain entouré d'une aura. Le temps reprit son cours. Je finis de m'effondrer, tombant sur mes mains. La douleur avait disparu. Seule ma peau me démangeait, le VLS s'affairant au plus urgent. Le démon réarma ses ailes. Je me précipitai sur Kéra. Je la mis sur mon épaule, tel un sac de sable, et m'éloignai de plusieurs mètres. Dans mon dos, je sentis un faible courant d'air suivi d'une attaque sonore. Cependant, elle ne nous toucha pas. Je m'étais assez éloigné pour que ses battement d'ailes ne contrent pas le mur d'eau.

Kéra tapa dans mon dos :
- On est assez loin.

Je la reposai à terre, découvrant avec effroi qu'elle était salement blessée. Je devais la protéger. Sa vie était le plus important.

- Nous ne pourrons pas le vaincre, m'emportai-je pessimiste. Nous avons contrecarré ses plans, nous reviendrons.
- Il est hors de question de laisser un tel démon dans la nature.

Tête de mule !

- Te reste-t-il assez de magie pour ton bouclier ?

Elle ne répondit pas. Elle n'en avait pas besoin. Si elle avait arrêté d'alimenter son armure, c'était pour s'économiser… Ses réserves de magie devaient être très basses.

Mon état était également déplorable. Même si bizarrement je ne ressentais plus aucune douleur et qu'aucun de mes organes vitaux n'était touché, je perdais beaucoup de sang. Je n'étais même pas sûr de pouvoir me traîner jusqu'à la sortie.

- Penses-tu pouvoir l'atteindre ? demanda Kéra.
- L'atteindre oui, mais après, je serai à sa merci.
- Dans ce cas, il faudra le tuer en un coup.

Inépuisable, le démon continuait de nous attaquer, comptant sur l'épuisement prochain de Kéra.

- Tu as trouvé son point faible ?
- Tu n'en auras pas besoin. Donne-moi ton arme.

Je la lui présentai, interrogateur. D'une main, elle maintint son sort d'eau, de l'autre, elle posa le pommeau à terre, lame vers le haut.

- Garde la comme ça, et mets ta patte sur la pointe.

Je saisis la claymore de ma main d'arme afin de la maintenir droite, et mis ma paume gauche sur l'extrémité pointue. Elle posa sa main au-dessus de la mienne. Elle serra les dents, et appuya, nous embrochant tous les deux.

Je ne pus retenir un grognement. Je voulus retirer ma main.

- Arrête ! dit-elle dans la douleur.

Cette fille est malade !

Elle entonna un chant dans une langue inconnue. En réponse, Sekhmet se mit à briller. Étonné et subjugé, je m'immobilisai.

Elle ne cessera jamais de m'étonner.

À la fin d'une phrase, Kéra ôta brusquement sa main, puis continua l'hymne. Au couplet suivant, je pus retirer la mienne. Enfin, toujours en chantant, elle me fit comprendre de saisir l'arme de ma main transpercée. Bizarrement je m'attendais à des picotements, une chaleur, n'importe quoi. Je n'eus aucune sensation. Kéra termina sa chanson, Sekhmet redevint quelconque. Elle saisit alors la lame et lui insuffla un peu de magie. Le métal se tigra d'orange et de rouge. Kéra parut surprise, mais se reprit rapidement.

- Tu as peu de temps. Je te protègerai du mieux que je peux.

Un coup, me répétai-je.
Sans le vouloir, je grandis. Certaines de mes blessures coagulées se rouvrirent alors que mon corps optait de lui-même pour ma forme de crinos-tigre. Plus rapide, plus puissant, c'était ce qu'il me fallait.

Je pris une position comme un départ de sprint, griffes ancrées au sol, épée en arrière. L'attaque sonique, annonçant mon top départ, frappa le mur d'eau. Je franchis les vingt mètres en moins de deux secondes, et portai une attaque circulaire. Le démon bondit en arrière. Trop grand, il fut gêné par le plafond et ses ailes. Sekhmet entra comme dans du beurre, laissant une profonde plaie dans le ventre du démon malgré son épaisse chitine. Hélas, c'était largement insuffisant. Le voile d'eau se reforma devant moi, avant que je n'aie pu porter un autre coup. Le démon donna un grand coup d'ailes. Alors que je m'appétais à encaisser son attaque sonique, un puissant vent vint contrer celui du démon. Le mur d'eau ne se déchira pas à cause de l'appel d'air et réussit à absorber l'attaque magique. Profitant de la surprise du démon, je lui assénai deux coups. Il réitéra son coup d'ailes suivi de son cri. Il fut à nouveau contré par Éther et Kéra juste derrière moi. Il essuya deux nouvelles blessures. La lueur de ma claymore finit par décroitre, rendant l'armure du démon à nouveau difficile à percer. Je reconcentrai mes coups sur les parties les moins protégées, alternant attaque et défense. Il écopa de blessures supplémentaires à chacun de ses échecs. Le démon finit par s'affoler en voyant ses attaques systématiquement contrecarrées. Soutenu par Kéra, Éther et Kuppit, je tins plusieurs minutes, jusqu'à ce que mon adversaire s'effondre des multiples blessures reçues.

Kéra l'acheva alors que je m'écroulais, exténué. L'aura de Kuppit reflua. Les douleurs réapparurent, m'affligeant. Allongé sur le sol, je vis plusieurs démons mineurs s'enfuir. Kéra ne tenta pas de les en empêcher. Elle aussi semblait épuisée. Éther, quant à lui, pétait la forme. Il se pavana devant nous, tout fier.

- Je m'en veux ! déclarai-je, en reprenant forme humaine.

Éther fit sa mine tristounette.

- Je n'aurais jamais dû te surprotéger ! En tout cas bravo, tu as été brillant, le félicitai-je.

Éther vint me faire la fête, ravivant mes douleurs. *Pourquoi l'ai-je complimenté ?* Kéra s'allongea.

- Bon, maintenant, il faut que tu nous portes jusqu'à la sortie, lançai-je à Éther.

Il inclina la tête, ce qui fit rire Kéra.

Nous restâmes là, immobiles, jusqu'à ce que ma meute débarque.

Qu'est-ce que j'avais dit ? « Ne venez pas nous chercher ». En fait, personne me m'écoute ! Je laisse passer pour cette fois mais que cela ne se reproduise plus...

Chapitre 20

Cela fait maintenant quatre jours que Paris est dans une tourmente technico-magique sans précédent. Selon les experts, l'épicentre de la manifestation se situerait à Saint-Denis et s'étendrait sur vingt-cinq kilomètres à la ronde. Alors que le reste de la France continue à ressentir les effets distincts des vagues magiques et technologiques, la capitale voit les deux forces se mélanger. Si cette anomalie aurait pu être une opportunité, elle est actuellement une catastrophe majeure.

En effet, la combinaison des propriétés chimiques et magiques ont fait voler en éclats toutes nos connaissances. Ce mélange a déclenché de nombreuses explosions et feux dans toute la zone. Suite à l'enchainement d'accidents survenus dans les usines d'agroalimentaire, les sites industriels ont tous été mis à l'arrêt jusqu'à nouvel ordre.

Alors que les sapeurs-pompiers ont lutté contre les feux pendant deux jours sans discontinuer, de nouveaux foyers apparaissent encore. Il semblerait que le contact de certains plastiques avec des aliments serait à l'origine de ces départs de feu. C'est pourquoi, tout le monde doit absolument vérifier ses placards, réfrigérateurs, etc... Le chef des sapeurs-pompiers insiste sur l'urgence de la situation :

- La situation est extrêmement préoccupante car tout le monde a, sans le savoir, un incendie en devenir chez soi. Que cela soit une boite de céréales, un plat préparé ou une bouteille de lait... Il faut absolument tout vérifier. Ne pas faire ce geste simple met en danger votre foyer et vos voisins. Faites également attention à vos poubelles ! Il suffit d'un reste de nourriture dans un sac pour déclencher un lent échauffement. Si vous mettez la main sur des réactions avancées : dégageant de la chaleur mais ne brulant pas encore ; placez-les dans votre évier ou votre baignoire avec un petit fond d'eau. Si la réaction mène au feu, ne cherchez pas à l'asperger d'eau, ou à le recouvrir, cela n'aurait aucun effet. Ces feux s'arrêtent uniquement lorsque la réaction atteint son terme. Pour le reste, des poubelles métalliques spéciales sont actuellement déposées dans toutes les villes impactées par le dérèglement techniquo-magique que l'on connaît. En cas de doute, débarrassez-vous de vos plastiques. À noter : la réaction peut mettre plusieurs jours avant d'aboutir à une flamme, il ne faut donc rien oublier. Si vos voisins sont absents et s'ils ne peuvent pas se déplacer, vous devez indiquer leur adresse sur le site que je rappelle : alerte-feu.gouv.fr, dans la partie « demande de contrôle / adresse inhabitée ».

Et surtout, ne vous amusez pas à tester cette réaction. Nous comptons déjà un mort et plusieurs jeunes brûlés...

Journal télévisé, édition de 13h du vendredi 17 aout

Cela faisait déjà deux heures que cette réunion avait débuté. Tous les alphas de l'Alliance étaient présents, soit une trentaine de métamorphes. Ils avaient consacré tout ce temps à résumer les derniers évènements concernant notre guerre contre les Frères de Sang, ainsi que leur capitulation et dissolution. En fait, cette réunion était ralentie par les interventions inutiles de nombreux alphas cherchant à se mettre en avant. Bref, deux heures d'ennui… Heureusement, j'avais Éther à mes côtés et je me détendais en le caressant. Cela me permettait de garder le contrôle et de ne pas m'énerver, enfin pas trop. Hélas pour moi, caresser sa tête était devenu plus compliqué depuis qu'il arborait quatre cornes supplémentaires. En plus de nuire aux crouch-crouch, cela encourageait Éther à faire son intéressant à longueur de temps…

Quand le résumé fut enfin terminé, l'attribution des territoires débuta. En effet, la guerre rebattait les cartes. Presque toutes les meutes avaient été chassées à cause du conflit, et la soudaine disponibilité des terrains ayant appartenu aux Frères de Sang, ouvrait les appétits. Peu de meutes souhaitaient se contenter de simplement retrouver leur espace. Ainsi, un brouhaha incompréhensible s'installa. Je déprimais.

Pourquoi suis-je venu ?

Arnaud fit revenir le silence d'une facilité déconcertante, comme si son aura insonorisait la pièce. La Meute n'aspirait pas à agrandir son territoire outre mesure. Il avait cependant réussi à négocier à l'avance le contrôle exclusif de l'avant-poste de Saint-Denis. Juste au cas où les vagues magiques et technologiques se réinstallaient sur Paris... Bref, aujourd'hui, Arnaud faisait office de médiateur, davantage intéressé par de futures alliances.

- Le plus simple est de commencer par un tour de table et d'énoncer ce que vous aimeriez. Précisez à chaque fois le nombre de membres dans votre meute, si c'était votre territoire avant la guerre, si vous l'agrandissiez, ou pourquoi vous désirez changer totalement de zone si tel est le cas.

Et dites nous, qui voudriez-vous éventrer ?!

Chacun donna ses souhaits. Des crispations apparurent dès le troisième alpha, réclamant un morceau du parc départemental Georges-Valbon comme le premier. Bien sûr, il argua que sa meute eut un rôle décisif durant la guerre. Plus le tour de table avança, plus le ton monta. Les crocs sortirent à plusieurs reprises. Arnaud tempéra, ce n'était pas encore le moment de la négociation.

Enfin vint mon tour :
- Quel territoire pour ma meute ? En fait, c'est une question difficile, qui en soulève d'autres, commençai-je. Aurons-nous des obligations ? Cela nous engagera en quoi ? Devrons-nous y faire respecter la loi ? Si oui, laquelle ? Quel contrôle aurons-nous sur notre territoire et pour en faire quoi ? Nous sommes en train de découper arbitrairement Paris entre nous, mais ces quartiers, forêts et immeubles ne nous appartiennent pas... Nous côtoierons des voisins, la plupart humains. Quelle relation désirons-nous nouer avec eux ?

J'entendis souffler.

- Nous sommes en train de découper un territoire comme on coupe un gâteau sans aucune vision d'avenir et avec des bases de pseudo lois implicites, qui, je suis sûr, ne sont pas les mêmes pour tous. Je vais vous dire une chose : le gouvernement français a une vision pour nous, et cela passe par un collier, un GPS et je ne sais quel cadeau en plus. À peine la guerre est-elle terminée que le nombre de cas de sombrae est en pleine explosion. J'espérais que les victimes humaines cesseraient après ce conflit, mais à cause de la folie qui nous touche et qui s'est aggravée depuis le mélange des vagues magiques et technologiques, ce n'est pas le cas. Imaginons que le rythme des vagues ne reprenne pas, combien de métamorphes, n'ayant plus le repos des vagues tech, seront happés par la sombrae ? C'est maintenant que nous devons édicter nos lois et nos obligations, sinon nous perdrons notre liberté. C'est maintenant que nous devons réfléchir aux besoins de l'ensemble des nôtres. Nous ne pouvons pas laisser telle ou telle meute s'accaparer des forêts entières, alors que d'autres devront se contenter de ruines ou du centre-ville, sans pouvoir subvenir à leur équilibre animal et mental. C'est aujourd'hui qu'il faut penser la nation métamorphe française, comme un peuple et une force politique.

Il y eut un silence. Au final, ma tirade eut plus d'effet que dans mes rêves les plus optimistes.

- Et comme tout ça ne se fera pas en un jour, pour le moment, que penseriez-vous d'une petite chasse ? proposai-je.

Tous furent enchantés par ma proposition, et moi ravi de pouvoir maintenir mon déjeuner avec Kéra. Non sans mal, je réussis à les abandonner furtivement quelques minutes plus tard.

* * *

Sekhmet emballée dans un linge et une valise posée à côté de moi, j'attendais, nerveux. J'étais assis à la table d'un joli petit restaurant Japonais. Pour une fois, j'avais même de la chance : le quartier n'avait pas brûlé, contrairement à beaucoup d'autres ces derniers jours. Je regardai ma montre. Kéra était en retard. J'espérais qu'elle ne me fasse pas faux bond. J'avais mis plus d'une heure à expliquer à Éther pourquoi il ne pouvait pas venir à notre rendez-vous que j'espérais galant. Le serveur, très attentionné, revint avec un vase pour mon bouquet de chrysanthèmes. Je n'étais plus très sûr de mon choix, les chrysanthèmes ayant une image mortuaire. Pourtant, elles allaient très bien avec le thème du restaurant, car très appréciées au Japon. Et puis, j'aimais la palette de couleurs de ce bouquet, hélas ce n'était pas à moi qu'il devait plaire… *J'aurais peut-être dû opter pour des roses. C'est classique, mais au moins j'aurais été sûr du résultat.*

Mon rayon de soleil arriva. Elle me vit et vint à ma rencontre. Je me levai pour l'accueillir. Je réussis à lui décrocher une bise. Avant que je n'aie pu l'inviter à s'assoir, elle avait pris place. Franchement, j'avais espéré plus romantique, mais elle n'avait pas pu se libérer un soir. Elle avait laissé trop de travail de côté, et à l'entendre, elle était maintenant submergée.

- Comment vas-tu ? demandai-je.

- C'est le gros bordel ! J'ai dû annuler quarante pour cent de nos cours. En trois jours, on a évité de justesse l'explosion d'une salle et deux incendies. Les ingrédients magiques sont complètement détraqués.

- Comment vont tes blessures ? recentrai-je sur elle.

- Oh, ça va. Et toi ?

- Les métamorphes continuent de régénérer, donc tout va bien. Pendant que j'y pense, je t'ai rapporté ta claymore ainsi que la protection que tu m'avais prêtée. L'armure est dans un mauvais état, dis-je avec une grimace désolée.

- Tu peux jeter l'armure : elle est irréparable. Et tu peux garder Sekhmet, vu qu'elle est maintenant liée à toi.

- Merci, mais je ne peux pas accepter.

Cette arme, en plus d'être magique, avait sûrement été forgée par un maitre. Elle devait valoir une petite fortune.

- Tu es le seul qui pourrait rompre la relation que j'ai installée entre toi et cette arme, mais comme tu ne peux pas manipuler la magie à cause du VLS, elle est définitivement à toi.

- Mais cette arme est magique… je ne peux même pas l'activer… C'est du gâchis.

- C'est grâce à elle que l'on est encore là aujourd'hui… Elle a fait son office.

J'aurais eu les moyens, je lui aurais proposé de la racheter, mais vu mes finances, je préférai ne pas l'insulter avec une offre ridicule.

- Les fleurs sont pour toi, changeai-je de sujet.

- Merci, dit-elle délicieusement troublée.

À trois je me lance : un, deux…

- Avez-vous choisi ? nous coupa le serveur.
- Pas encore, dit Kéra. Tu as choisi ?
- Oui, je vais commander un Miso rāmen.
- Je ne connais pas. Je vais prendre pareil.

Bon, un, deux…

- J'ai une question qui me turlupine depuis plusieurs jours, reprit Kéra.
- Laquelle ?

Elle tendit le bras, l'index et le majeur tendu vers ma tempe gauche. J'approchai ma tête, elle installa un canal télépathique.

- *Ma question va peut-être te paraitre bizarre, mais durant notre dernier combat, ton aura a changé.*
- *Comment ça ?*
- *Les métamorphes ont une aura orange. Mais la tienne est passée pendant plusieurs minutes au rouge, l'aura des démons.*
- *Il est possible qu'un démon m'ait un peu aidé, hésitai-je.*
- *Je ne suis pas sûre de comprendre.*

Une série de souvenirs me vint à l'esprit : le démon enfermé, les échanges avec ce dernier, les visions de mon for intérieur, Loup et Tigre captifs.

Au partage de ces pensées, Kéra rompit le lien télépathique et se leva de table.

- Tu cherches mon géniteur ?! s'écria-t-elle sur la défensive.

Complètement perdu, je ne sus pas quoi répondre.

- Dis aux tiens que l'on ne veut aucun mal aux humains ! Et ne le cherche plus ! Ni lui, ni moi ! continua-t-elle, véhémente.

Elle prit la direction de la sortie. Le temps de réaliser, je courus après elle. Débouchant sur la rue, je l'attrapai par le bras.

- Lâche-moi !
- Écoute, je ne comprends rien à ce que tu racontes ! me défendis-je blessé.
- Je suis sûre que si ! Tu n'annules pas la magie, tu scelles les pouvoirs !
- Non... oui... peut-être... J'en sais rien ! me perdis-je déstabilisé. Je ne contrôle rien du tout.
- À d'autres. Tu d...
- Je t'aime ! la coupai-je, comme si cela résoudrait tout.
- Vous ne reculez devant rien... dit-elle haineuse. Tu as essayé de m'amadouer et j'ai failli tomber dans le panneau. Ne t'approche plus jamais de moi !

J'encaissai, incapable de comprendre quoi que ce soit. Elle s'éloigna d'un pas rapide et déterminé. Un sentiment d'incompréhension et de lassitude s'empara de moi... Le chagrin vint les jours suivants.

Remerciements

Déjà le troisième tome !

À ma famille et mes amis, je vous remercie du fond du cœur pour le temps que vous me consacrez à chaque fois ; avec une mention spéciale dédiée à Damien.

À mes lecteurs : merci ! J'espère que je vous ai permis de vous évader quelques heures. Et pour ceux ayant partager leur avis, avec moi, sur Amazon, ou toutes autres plateformes, vous avez une léchouille d'Éther en prime ☺.

Merci également à tous les contributeurs Ulule pour votre soutien.

C'est grâce à vous tous que les aventures d'Hermorrhage continuent !

Si vous voulez rejoindre la meute, c'est par ici : https://www.facebook.com/hermorrhage ou par là : https://hermorrhage.fr.